KB147040

죽은 자로 하여금

죽은 자로 하여금

편혜영

장편소설

PIN

001

차례

PIN

001

죽은 자로 하여금

편혜영

1. 단숨에 볼 수 없는

이석은 평판이 좋았다. 사무장은 순전히 재미로 갓 채용된 무주에게 누가 일을 잘하는 것 같으냐고 질문을 던졌는데 무주는 대번에 이석을 지목했다. 이석은 근무 중 잠깐 담배를 피우거나 커피를 마시고 싶을 때 같이 휴게실에 가자고 선뜻 말할 수 있는 선배였다. 고민이 있거나 업무상 곤란한 점이 생겼을 때 먼저 찾는 선배이기도 했다.

이석은 공고를 졸업하고 의무병으로 제대했다. 전투화 대신 구두를 신고 근무해서 의무병이 된 걸 좋아했는데, 그걸 의료에 흥미가 생긴 것으로 착각해 제대 후 간호조무사 학원에 등록했다. 수업을 이수하고 시험을 치러 간호조무사로 얼마간 근무했다. 남자 조무사가 흔치 않던 시절이어서 업무 외에도 해결할 잡무가 무척 많았다. 그러다 결원이 생긴 원무과 업무를 맡게 되어 착실하게 관리 부서에서 경력을 쌓아왔다. 근무하는 동안 하루도 지각하거나 병가를 낸 적 없었다. 특별한 능력 없이 적당한 시기에 적당한 나이가 되어서 관리직이 된 사람과는 달랐다.

이인시里仁市에는 종합병원 규모의 의료기관이 단 두 곳뿐이었다. 그중 하나가 이석이 근무하는 선도병원인데, 개원 7년째인 지지난해 종합병원으로 승격됐다. 그에 맞춰 진료 과목이 아홉 개로 늘고, 전문의와 간호사가 보강되었다. 반면 병상 수를 기존 190개에서 170개로 줄여 쾌적한 서비스를 제공한다고 홍보했는데, 실상 시설을 늘리기 위해 이전에 마구잡이로 들여놓았던 병상을 적절히 배치한 것에 불과했다.

별도의 홍보 부서 없이 기획 부서에서 마케팅 업무까지 담당했다. 이석은 개원 초기부터 주먹구구식으로 이뤄지는 그 일을 맡았다. 환자 유치 업무도 했다. 특히 요양이 필요한 노인 환자에 공을 들였다. 보험 혜택이 만료된 장기 입원 환자를 다른 병원에 입원시켰다가 일정 기간 경과 후 다시 데려오는, 사무장 말에 의하면 환자를 '순환'시키는 일도 했다. 정확한 경위가 알려지지는 않았지만 다른 병원과 환자를 교환하는 방식일 것이었다.

직원들 중에는 이석의 업무를 비꼬며 그를 '삐끼'라고 부르는 사람도 있었다. 그러나 빈정거림이 무색하게 한때 이석의 성과는 특별했다. 병동에 빈 병상이 거의 없었다. 대기자가 많아 순번을 정해야 할 정도였다. 순번을 정하는 것 역시 이석의 일이었다. 모두 경기가 좋던 시절의 일이었다. 지금은 아니었다. 이석이 아무리 노력해도, 홍보에 돈을 써도 빈 병상은 점점 늘어갔다.

이석은 병원에서 살다시피 했다. 직원 중 제일 일찍 출근하고 가장 늦게 퇴근했다.

"병원이 뭐가 그리 좋으세요?"

무주가 당돌하게 물어도 이석은 거리낌 없이 대답했다.

"당연히 좋지. 병원에 오면 다 아픈 사람인데 나는 아픈 데 없이 멀쩡하니까 좋지."

"뭐가 그렇게 좋으냐고요."

무주가 이석을 흉내 내서 다시 물었다. 같은 질문을 반복하는 건 이석이 고안한 농담이었다. 웃기기 위해서가 아니라 거리를 두고 싶을 때 주로 썼다.

"돈을 주니까 좋지. 남들은 병원에 돈 쓰러 오는데 나는 돈 벌러 오잖아. 얼마나 좋아."

"에이, 병원이 왜 좋으냐니까요."

"가끔 빈 침대에서 낮잠도 잘 수 있고 아프면 공짜로 약도 주고……."

"그러니까 왜 좋으냐고요."

"병원이 좋은 게 아니고 집이 싫어."

이석이 헤벌쭉 웃으면 무주도 따라 웃는 것으로 쓸데없는 문답이 끝났다.

외근을 나가지 않을 때면 이석은 병원 이곳저곳을 돌아다녔다. 환자 치료를 두고 의료진이나 약사에게 아는 체하거나 간호사나 직원에게 쓸데없는 농담을 해댔다. 진료실이나 촬영실, 관계자 외 출입이 금지된 약품 보관실까지 무시로 들락거렸다.

"자, 들어봐. 한 남자가 수술을 받으려고 준비하고 있었어. 그런데 갑자기 겁을 먹고 막 달아났어. 왜 그랬게?"

이석이 대답을 기다리며 데스크의 간호사들을 둘러보았다. 관심을 갖는 간호사는 아무도 없었다. 오히려 주저하지 않고 이석의 얼굴을 빤히 쳐다보며 싫은 내색을 했다. 이석은 괘념치 않고 딱히 누구에게랄 것도 없이 말을 이었다.

"간호사가 '겁내지 마세요, 맹장 수술은 간단해요' 그러더래."

"그런데요? 그게 왜요?"

듣고 있던 간호사가 핀잔하면 이석이 반가워하며 얼른 대꾸했다.

"간호사가 그 말을 의사한테 했대."

간호사들은 혀를 차며 원장 귀에는 들어가게 하지 말라고 충고했다.

"원장이 들으면 뭐 어때서. 이발사 주제에. 다들 알지? 처음에 외과의사가 이발사였던 거."

원장 얘기가 나오면 이석은 대번에 얼굴이 굳었다. 간호사들은 이석을 상대하기를 포기하고 자리를 뜨거나 일에 몰두하는 척했다.

원장은 이석 아이의 수술을 집도했다. 수술 후 아이의 상태는 더 나빠졌다. 원장은 어쩔 도리가 없었다고, 응급처치가 늦어진 탓이라고 했다. 실제로 아이는 사고 직후 가까운 병원에 갔다가 다시 선도병원으로 이송되어 오느라 시간을 다소 허비했다. 원장의 잘못이라고 단정할 수는 없었다. 무엇보다 잘못을 증명할 수 없었다. 이석은 그게 얼마나 어려운 일인지 잘 알았다. 수술이 끝나고 원장은 아이를 계속 치료하는 건 무의미하다고 차가운 말투로 충고했다. 이석이 한참 노려보았고, 흥분한 원장은 더 심한 말을 내뱉었다.

이석은 포기하지 않았다. 의료기구를 잔뜩 매단 아이와 함께 응급차를 타고 서울의 병원으로 갔다. 처음 방문한 강남의 병원에서도 역시 늦었다는 얘기를 들었다. 이석은 다른 병원으로 갔다. 좀 더 해보자는 말을 들을 때까지 서울의 병원 몇 곳을 아이와 함께 전전했다.

"의사는 절대 믿을 만한 사람이 아니야. 세상에서 가장 잔인한 말을 하는 사람인데 어떻게 믿겠어. 얼마 살지 못합니다, 다리를 쓸 수 없습니다, 눈이 안 보일 겁니다, 평생 오줌보를 차야 합니다……."

이석은 언제나 의사에 대해 혹평했다.

"그중에서 내가 제일 믿을 수 없는 건 희망을 가지라는 말이야. 그렇게 말하는 의사만큼 악랄한 인간은 없어. 희망으로 병이 낫나. 절망에 빠진 사람한테 돈이나 계속 쏟아부으란 얘기지. 잘 들어둬. 그런 인간한테 속으면 안 돼."

그쯤 되면 누구든지 차라리 이석이 농담이나 계속해줬으면 하는 심정이 되기 마련이었다. 어쨌거나 여긴 병원이었다. 모두들 의사의 헛된 장담이나 보호자의 간절함이 발생시킨 수익으로 월급을 받는 처지였다.

"하지만 그보다 더 못 믿을 건 포기하라는 의사야. 그렇게 말하는 의사는 무능한 거야. 사람이 수학이야? 포기하게……. 무능한 의사보다는 악랄한 의사가 나아. 안 그래?"

동의해주는 사람은 없었지만 다들 이석의 사정을 알기 때문에 대놓고 뭐라 하는 사람도 없었다.

"다 포기하면 병원은 뭐로 먹고살아?"

경직된 분위기가 자못 미안했는지 이석이 우스개처럼 얘기를 끝내며 예의 허튼 말장난, 쌍문동에 살면 쌍둥이를 낳고 삼성동에 살면 세쌍둥이를 낳고 사당동에 살면 네쌍둥이를 낳는다는 말장난을 이어갔다. 무거워진 분위기를 의식해 무주가 서울에는 구의동도 있고 천호동도 있다고 말을 거들면 주위 사람들도 마지못해 허허 웃어주었다.

이석이 사는 면송리에서 선도병원까지는 30분정도 걸렸다. 면송리는 풍경이 단조로운 농촌 마을이었다. 기복 없이 평탄한 땅에 드문드문 인가가 이어지고 인가와 인가 사이에 잘 구획된 넓은 논이 있었다. 시선을 가리는 것은 마을을 둘러싼 구릉처럼 야트막한 산뿐인데도 사방이 트였다는 느낌보다 적막하게 방치된 느낌을 주는 동네였다.

이석은 아침에 일어나자마자 곧장 좁은 마을길을 빠져나와 일곱 시 무렵이면 병원에 도착했다. 출근하면 야간 근무자와 인사를 나누고 바로 병동으로 갔다. 회진하는 의사보다 이석을 기다리는 환자가 더 많았다. 그 탓에 이석을 탐탁지 않게 여기는 의사도 있었다.

병실을 돌며 환자와 인사를 나눈 다음에는 다섯 종의 조간신문을 읽었다. 이석은 시사나 경제 상식에서 직원들을 압도했다. 스베틀라나 알렉시예비치 같은 작가의 글을, 아폴로니우시 켄지에르스키같이 잘 알 리 없는 화가의 그림을 뜬금없이 화제로 삼았는데, 직원들과 전혀 대화가 되지 않았다. 다른 직원이 읽는 거라곤 기껏해야 보수 성향이 강한 조간신문이나 사내 공지사항이 전부인 경우가 많았다. 보통 뉴모코니오시스라고 부르는 진폐증을 조어 방식을 그대로 살려 뉴모노울트라마이크로스코픽실리코볼케이노코니오시스라고 말해서 상대를 질리게 하고 의사들에게는 비웃음을 샀다. 가스터빈이나 다이오드, 카나드 같은 기계 용어를 제대로 설명할 줄 알았고, 의사들이 저마다 다른 필체로 휘갈겨 쓰는 병명이나 처방 내용을 정확하게 구분하고 읽을 줄 알아서 신참 간호조무사에게 도움을 주었다. 간호조무사 시절을 거친 탓에 의약품의 용법을 제법 잘 알고 있어서 직원들 사이에서 '야매 약사'로 불리기도 했다.

학력 콤플렉스라고 말하는 사람도 있었다. 무주가 생각하기에 그것 외에 딱히 흠잡을 게 없어서 군이 그렇게 비아냥거리는 것 같았다. 이석의 노력에 보조를 맞출 수 없어서 조소하는 일로 위안을 삼는 것인지도 몰랐다. 다른 사람의 능력을 인정하는 건 쉽지 않은 일이었다. 경우에 따라서 다른 사람의 인정이 언제나 유익한 것도 아니었다.

일이 터지고 나서야 사람들이 이석에 대해 다르게 말하는 게 들려오기 시작했다. 한번 당한 일은 잊지 않고 손해 보는 일은 절대로 하지 않으며 부당한 일을 겪으면 반드시 되갚아주는 섬뜩한 면모가 있다고 했다. 친절을 베푼 후 벌을 내리는 식으로 사람을 '다룬다'고도 했다. 주장이 지나쳐 어떤 때는 자기 뜻을 관철하려고 독선적이며 비열하게 군다는 얘기도 나왔다. 이석을 나쁘게 말했다가 따돌림을 당하고 이직한 사람의 예도 들을 수 있었다. 대기 순번 조작을 두고 항의했다가 입원이 거부된 환자 얘기, 특정 의사에게 대가를 바라고 환자를 몰아준 얘기도 폭로됐다. 이석은 언제든 마음만 먹으면 환자를 빼돌리거나 채울 수 있어서 원장보다 이석에게 잘 보이려 애쓰는 의사가 많다고 했다. 이석이 원장을 싫어해서 일부러 더 그렇게 한다는 말도 나왔다. 물론 그렇게 얘기하는 사람 중 구체적인 증거나 정황을 드는 사람은 하나도 없었다. 그 일로 무주는 사람들이 그간 이석을 상급 관리자로 취급해왔다는 것을, 다시 말해 늘 비난해왔다는 것을 알게 되었다.

갑자기 뒤바뀐 평가에도 불구하고 아무도 이석을 호락호락한 사람으로 여기지 않는다는 점은 같았다. 그는 간호사나 동료에게 자주 농담을 걸고 허튼소리를 해댔지만 업무에 있어서는 성실하고 철저했다. 가늘게 뜬 눈을 무표정하게 유지할 때는 몹시 냉정하고 차가워 보였는데 그걸 의식한 듯 일부러 더 자주 웃었다. 특히 사람들이 아이 안부를 물을 때면 과장되게 웃었다.

이석은 땅딸막한 체형이었는데 덥수룩한 콧수

염 때문에 실제보다 더 작아 보였다. 다리를 저는 걸 감추려고 콧수염을 기른다고 공공연히 말해왔다. 서 있을 때는 어느 정도 효과가 있었다. 지저분한 콧수염 때문에 소아마비를 앓아 한쪽 다리가 짧은 게 눈에 잘 띄지 않았다. 다행히도 그는 보행보조기 없이 걸었다. 그러나 막상 걷기 시작하면 다리만 보인다는 걸 부인할 수 없었다. 다리 길이의 차로 그의 걸음에는 독특한 리듬이 생겨났다. 바닥을 끄는 소리가 묘하게 신경에 거슬렸지만 그 소리에 뒤돌아보면 이석이 눈을 찡그리고 웃고 있었다.

이석은 병원 인근 중앙로에 있던 연립주택을 처분했다. 매입 당시보다 형편없이 하락한 가격이었지만 매달 들이닥치는 병원비를 생각하면 손해를 감수하더라도 팔지 않을 도리가 없었다.

호황이던 조선 사업의 위기는 조선소 밀집 지역인 이인시에 직접적이고 재빠르게 영향을 미쳤다. 산업단지 인근 시설은 조선소를 바탕으로 세워진 것이어서 조선소가 폐쇄되자 모든 게 일시에 멈춰 섰다. 선박 수주 계약이 비눗방울처럼 일

순간 사라져버리면서 폐업이 속출했다. 협력업체들은 부도를 내거나 적자를 감수하고 철수했다. 남은 업체는 규모를 대폭 줄여 근근이 유지했다. 체불 임금이 사상 최고치를 돌파하고 시 이탈 인구수가 급증했다. 외지에서 온 근로자들은 다시 빈털터리가 되어 이인시를 떠났다. 이인시 출신 노동자들은 백수가 되어 주머니에 한 푼도 없이 거리를 배회했다. 도심에 빈집이 늘었다. 노동자의 숙소나 마찬가지였던 원룸 주택단지는 빈사 상태나 다름없었다. 상가 매물이 쏟아졌다. 호황시에 우후죽순 개업한 가게와 식당 등의 폐업률이 높아졌다. 가동 중단이 결정된 후 채 1년도 지나지 않아 벌어진 일이었다. 별다른 피해를 입지 않고 그럭저럭 지내는 것은 공무원뿐이었으나 발령 인원이 줄고 조직 규모가 축소되었다.

갑작스러운 도시의 쇠락을 지켜보며 이석은 이인시가 이인실이 되었다고 웃지 않고 농담했다. 병자들이 넘쳐나는, 그러나 국가의 혜택을 받을 수 없어 가장 많이 비어 있는 병실 같다는 것이었다.

지낼 곳 없어진 이석은 면송리 부모님 댁으로 들어갔다. 이석의 아버지는 평생 같은 집에서 살았다. 이석이 결혼하기 전까지 머물던 집이었다. 이석은 비교적 일찍 결혼했는데, 순전히 그 동네를 떠나고 싶어서였다. 동네만 들어가면 답답하고 화병이 날 지경이었다고 했다.

서울에 사는 동안 열네 번 이사했던 무주는 그게 어떤 기분인지 알기 어려웠다. 70여 년을 나무처럼 한곳에 붙박여 사는 기분 말이다. 이석은 북극곰 같은 것이라고 했다.

"북극곰이오?"

무주가 되묻자 이석이 덧붙였다.

"혹등고래일 수도 있고."

"드물다는 거군요."

"멸종 직전이라는 거지."

"보호해드려야겠네요."

"그럼 좋지. 살기 어렵다는 뜻이니까."

이석이 잠자코 있다가 말을 이었다.

"시내에서 바닷가 쪽을 빙 돌아가는 버스 노선이 있는데, 나는 그 버스 타는 게 좋았어. 버스를 타고 가다 보면 건조 중인 배가 조금씩 보였거든. 그게 너무 설레는 거야. 심장이 막 뛰었어. 여기 조선소에서 처음으로 벌크선 진수식이 있던 날 말이야. 그게 벌써 10년도 더 전인데, 갓난아이를 안고 아내랑 보러 갔어. 이 동네는 눈이 잘 안 오거든. 그런데 그날따라 엄청 눈이 많이 내렸어. 신났지. 가까이 가면 벌크선이 잘 안 보이니까 멀찍이 내려서 추운 줄도 모르고 걸어갔지. 그래도 한눈에 배가 다 보이지 않는 거야. 크기를 생각하면 그럴 만하지. 겨우 끄트머리만 보이다가 조금 더 가면 뭔가에 가려져 안 보이고 더 가면 다시 모습을 드러내고……. 그런데 말이야. 나는 그게 그렇게 좋더라고. 세상에 내가 단숨에 볼 수 없는 게 있다는 거 말이야. 아무리 봐도 훤히 다 보이지 않고 한눈에 죄다 알 수 없다는 게 정말 좋았어. 면송리하고는 너무 달랐거든. 거긴 너무 뻔했지. 동네 사람들 입속의 금니 개수까지 알고 지냈어. 시시하잖아. 그런데 배는 그렇지 않은 거야. 이 세상에서 제일 큰 게 여기 조선소에서 진수되는 배인 줄 알았지. 나중에 꼭 저 배에 타봐야지

결심했어. 누군가는 저렇게 큰 배를 타고, 배에 철강이랑 곡물 같은 걸 실어서, 별의별 걸 다 싣고 오대양 육대주로 가겠지 하고 생각하면 덩달아 흥분됐어. 그 배 때문에 나는 여기서 계속 살 작정을 했어. 배는 온데간데없고 술 마시는 인간하고 고철만 남게 될 줄은 상상도 못 했지.”

무주는 작고 답답한 마을을 벗어나 세상만큼이나 커다란 배를 보며 환호했을 이석을 떠올렸다.

“가도 가도 가까워지질 않는 건 서울도 마찬가지더군. 도로 이름이 그렇게 헛갈려서야 원……. 처음 서울에 차를 가지고 갔을 때 말이야. 병원에서 팔팔을 타고 오라고 알려줬거든. 그런데 아무리 찾아도 팔팔이라는 도로가 없는 거야. 새로 생긴 도론가 했어. 내비 업그레이드를 못 해서 안 나오나 싶더라고. 내비는 못 믿겠지, 아내는 빨리 가라고 닦달을 해대지. 정말 미치겠더군. 할 수 없이 차가 막히는 틈에 옆 차에 손짓을 했어. 고맙게 창문을 열어주데. 그래서 팔팔이 어디냐고 물었지. 소리를 막 질러가면서. 근데 바로 여기라는 거야. 올림픽대로가 팔팔이라는 거지. 미치고 팔짝 뛸 노릇이지."

　아이에게 다녀온 다음 날이면 이석은 서울은 공기가 왜 그렇게 나쁘며 도로는 쓸데없이 복잡하고 버스와 택시가 난폭하게 운전하느냐고 투덜댔다. 맛없을수록 밥값이 비싸고 찜질방 옷에서는 심하게 표백제 냄새가 난다고도 했다.

　장부에서 뭔가 찾아냈을 때 무주가 가장 먼저 떠올린 것은 사진으로 본 이석의 아이였다. 이석은 지갑 속에 늘 아이 사진을 가지고 다녔다. 지갑을 열 일이 있으면 꼭 옆 사람을 툭툭 쳐 이미 보여준 적 있는 사진을 굳이 다시 보여주었다. 틈날 때마다 이석은 아이 얘기를 하려 들었다. 한마디로 그는 아이를 무척 사랑했다.

　사진은 하도 만져대서 끝이 너덜너덜했다. 3년 전 모습이었는데, 그게 가장 최근에 찍은 사진이었다. 여의도에 있는 병원에 입원한 후로 아이 모습이 참혹해서 사진을 찍지 않았다.

　사진 속에서 아이는 웃통을 벗은 채 주먹 쥔 두 손을 허리에 대고 있었다. 다리를 벌리고 선 폼이 영락없는 개구쟁이였다.

"우리 아들 잘생겼지?"

무주는 사진을 건성으로 보아 넘기지 않고 이석이 실망하지 않도록 잘생겼다거나 씩씩하게 생겼다고 칭찬했다.

"우리 율이는 장래 희망이 로봇이 되는 거였어. 정말이라니까. 그렇게 써놓은 일기장도 있어. 그래서 이름도 로버트로 바꿔주려고 했어."

사진을 보는 사람은 이석의 기분을 생각해서 매번 똑같은 농담에도 크게 웃어주었다. 아이가 교통사고를 당해 다리와 팔에 철심을 박아 넣는 큰 수술을 했다는 걸, 수술 후에는 기계 장치에 의지해 겨우 호흡하게 되었다는 걸, 아직 의식이 깨어나지 않은 채 입원 중이라는 걸 알고 있어서였다. 얘기 끝에 이석은 아이가 정말 로봇이 되면 어쩌느냐고, 다리까지 저를 닮아 어쩌느냐면서 기어이 울 때도 있었다.

아이 이름을 왜 '율'이라 지었느냐고 묻자 이석이 수줍게 웃으며 돈 때문이라고 했다.

"돈이오?"

"부자 되라고 그렇게 지었어. 가장 액수가 큰

지폐 모델이 신사임당이잖아. 그 아들이 율곡 선생이고. 율곡 이름을 따서 첫째는 율, 둘째는 곡이라 지으려고 했지."

"둘째를 안 낳아서 다행이네요."

"첫째를 신사, 둘째를 임당이라고 지을 걸 그랬나?"

이석은 흐흐 웃다가 한때 아내와 아이를 때렸다고 털어놓았다. 술에 많이 취했을 때 그런 일이 몇 번 일어났다. 아이의 사고 이후 이석은 술을 완전히 끊었다. 아예 입에도 대지 않았다. 아이는 음주 운전자가 모는 차량에 사고를 당했다.

보고서 제출 시기가 임박했을 때 무주는 줄곧 이석에 대해 생각했다. 이석은 아침에 제일 먼저 출근해서 병동을 돌며 환자들 안부를 묻고 야간 근무자에게 인사를 건넸다. 마치 제가 병원의 주인이라도 되는 것처럼. 직원 중에 그렇게 하는 사람은 이석 말고는 없었다. 그 일을 마치면 구내식당에서 아침을 먹었다. 재빨리 식사를 하고 사무실로 돌아와 신문을 읽으며 출근하는 직원을 맞았다. 급한 일을 처리하고 곧 외근을 나갔고, 다시 병원으로 돌아와 구내식당에서 점심을 먹고 또 외근을 나갔다. 번거롭지만 그렇게 해서 식비를 아꼈다. 직원들이 다 퇴근한 늦은 시각에 사무실로 돌아와 남은 업무를 처리했다.

언젠가 한밤에 이석이 어두운 사무실에서 아내와 통화하는 걸 본 적 있었다. 이석은 아내에게 밥은 먹었느냐고 여러 번 물었고 뭘 먹었는지 물어본 다음 휴대전화를 아이 귀에 대주기를 기다렸고, 아마도 대꾸가 없을 수화기에 대고 계속해서 아이 이름을 불렀다.

특히 이석의 월급을 생각했다. 경력은 많지만 학력과 직급이 낮은 걸 고려하면 대략의 액수를 짐작할 수 있는, 언제나 부족하고 보잘것없는 그 액수에 대해서. 그 돈으로 이석은 삶에 드는 온갖 비용을 지불해왔다. 아이의 병원비, 아이를 간병하느라 서울의 고시원에 머무는 아내의 생활비, 면송리에 사는 자신과 부모를 위한 얼마간의 부식비, 주유비, 각종 공과금과 세금, 과태료, 경조사 비용 같은 것을.

진작 팔아치운 주택으로 아이 수술비와 병원

비를 댔는데, 치료 기간이 길어지면서 이제는 마이너스 통장으로, 그런 게 없다면 은행 대출로 초과 지출을 감당할 것이다. 그래서 아마도 여분의 돈이, 월급 말고 다른 식으로 통장에 들어와야 할 돈이, 매달 꾸준히 얼마라도 필요했을 것이다. 수입을 초과하는 지출과 매월 갚아야 하는 대출이자, 일정한 간격으로 돌아오는 대출금 상환의 압박을 충분히 짐작할 수 있었다.

무엇보다 이석은 무주가 낯선 이인시에서 다시 업무를 시작했을 때 막역한 우정과 배려를 베풀었다. 무주는 그 모두를 잊지 않고 있었다. 그럼에도 이석의 비리를 고발하기로 마음먹었다.

2. 시험에 들게 하지 마시옵고

무주는 선도병원의 관리부 구매 담당으로 채용되었다. 병원에 필요한 각종 물품 및 장비 등을 구매하고 의료기구나 기타 물품을 수선, 유지하고 보수하는 일이었다. 담당자의 갑작스러운 사직으로 얼마간 공석이었던 탓에 인수인계도 받지 못했다. 다행히 이전 병원에서도 해오던 일이었고, 사직한 담당자 이전에 이석이 오랫동안 담당해온 업무여서 모르는 게 있으면 그에게 물어 해결했다.

부서에 선임인 송이 있었지만 무주를 대하는 태도에 꺼림칙한 면이 있었다. 송은 언제나 무주

를 '양수 씨'라고 불렀다. 사무실에는 그런 이름의
사람이 없었으므로 도대체 누구를 부르는 건가
싶어 빤히 쳐다보면, 송은 왜 자기 이름을 듣고도
모른 척하느냐는 눈빛으로 무주를 쳐다보았다.
낯을 익힐 때까지 몇 번 그러다 말겠거니 했는데,
송은 한 달이 지나도 무주를 여전히 '양수 씨'라
고 불렀다.

"제 이름은 무주입니다."

이래서는 계속 무시를 당하겠다 싶어서 한번은
무주가 작정하고 송에게 말했다. 송은 무주를 빤
히 쳐다보다가 어깨를 조금 으쓱했다. 무주는 다
시 송에게 "제 이름은 무주입니다" 하고 말했다.

"압니다."

송이 책상으로 시선을 돌리며 대꾸했다. 당연
한 걸 왜 여러 번 말하느냐는 투였다. 알아들었다
는 뜻이려니 했는데 한 시간도 지나지 않아 송은
다시 무주를 "양수 씨" 하고 불렀다.

무주는 이석에게 털어놓았다. 이석은 송이 전
임자를 유독 아껴서라고만 대답했다. 무주는 그
제야 '양수'가 전임자의 이름임을 알았다.

그런 사정이니 업무에 관한 질문을 하기에도, 모르는 것을 배우는 데에도, 실수를 지적받기에도 이석이 훨씬 편했다. 이석은 전표상의 오류나 숫자의 오기, 잘못 기재된 일자를 재빨리 찾아냈다. 이석 덕분에 무주는 여러 차례 업무에 오점을 남기지 않고 넘어갈 수 있었다.

송의 계속된 무시와 상관없이 입사한 지 8개월 만에 무주는 능력을 인정받았다. 혹은 능력을 인정받을 기회를 얻었다. 병원장 직속 기관인 혁신위원회에 발탁된 것이다. 혁신위원회는 젊은 의사와 직원으로 구성된 한시적 조직이었다. 유사한 규모의 지방 병원 붕괴가 잇따르는 데다 이인시 전체를 휩쓸고 있는 경제난으로 인해 병원 구조조정이 불가피해지자 자금 확보 등 타개책을 모색하기 위해 신설되었다.

기획 단계에서부터 누구를 선발하느냐를 두고 여러 말이 오갔다. 관리부 내에서 무주의 발탁에 불만을 표하는 사람이 많았다. 업무 파악도 채 안 된 신참이 맡기에는 적절치 않다는 것이었다.

이석이 무주의 대학병원 근무 경력을 강조하며

유일하게 편을 들어줬다. 무주를 스카우트하려고 사무장이 얼마나 애를 썼는 줄 아느냐고 거짓말을 하기도 했다.

"스카우트요?"

믿을 수 없다는 듯 직원들이 되묻자 "스카우트가 아니면 서울의 대학병원에 다니던 사람이 왜 이런 촌구석으로 오겠어?" 하고 이석이 단호하게 대꾸했다.

직원들은 수긍하는 것 같았다. 다른 이유가 있으리라고 대놓고 어깃장을 놓는 직원이 없어서 그렇게 보였다. 무주는 얼굴을 붉히며 잠자코 있었다. 경기도 좋지 않은데 의사도 아닌 관리부 직원을 스카우트할 이유가 없다는 걸 직원들은 잘 알고 있을 것이다.

정식 회의가 소집되기 전, 사무장이 위원회 멤버가 된 무주와 권을 사무실로 따로 불렀다. 직원들이 수군거리는 걸 들어보면 사무장은 병원의 양적 확대에 관심이 커서 종합병원 승격에 사활을 걸고 시설 확충에 힘썼으나 승격 직후 얼마 되지 않아 운 나쁘게도 조선소 폐쇄가 결정되면서 병원을 자금난에 빠지게 한 장본인이라는 비난을 받았다.

재정난에도 불구하고 사무장은 돈을 벌려면 큰 돈을 써야 한다고 믿어서 서울에서 의사를 초청해 무료 진료 행사를 자주 열었다. 주로 텔레비전 프로그램에 출연한 적 있는 의사들이어서 현수막에 반드시 사진을 넣었다. 초청 진료가 있는 날이면 관광버스를 대절해 읍 단위로 노인들을 실어 왔다. 도시락을 제공하고 무료 진료를 하고 간단한 의약품을 처방했다. 모두 불법이지만 요령껏 행사를 치렀다.

불황이어서 다들 규모를 줄이는 판에 요양병원 신축 부지를 알아보러 다녔다. 요양시설 신축에 대한 논의가 공공연하게 이어졌다. 실제로 그러려는 의지가 있는지는 알 수 없었다. 소문이 필요한 것일 수도 있었다.

"환자들이오, 예전보다 똑똑해졌어요"

무주와 권이 자리에 앉기를 기다리지도 않고 사무장이 대뜸 입을 열었다. 그는 언제나 거추장스러운 인사나 뻔한 안부를 생략했다.

"정보를 얻기도 쉽죠. 뭐든 다 인터넷으로 찾아봐요. 몸이 아픈 와중에도 말입니다. 당장 병원에 가야 할 지경인데 일단 검색부터 한다니까요. 인터넷에 나온 정보를 얼마나 믿는지……. 지역에서 제일 좋은 병원이다, 주민에게 헌신한다, 시설이 빼어나다, 이런 건 조금도 고려하지 않아요. 무조건 서울로만 가려고 해요. 한마디로 애향심이 없어졌어요. 지역 시설을 이용해 같이 성장하고 지역 발전에 이바지하겠다, 균형 잡힌 국가 발전을 도모하겠다, 이런 마인드가 전혀 없어요."

사무장이 깊게 한숨을 내쉬었다.

"물론 그런 마인드가 있는 사람도 있어요. 당연히 있죠. 내가 사는 지역이 살아야 나도 살고 우리가 산다고 여기는 현명한 사람들이오. 그런 사람들이 왜 없겠습니까. 그런 사람들은 경제적으로 여유도 있지요. 주로 이 지역에서 정치하거나 사업하는 사람들이거든요. 누구보다 지역 발전에 관심이 많지 않겠어요. 문제는 뭐냐면…… 뭐겠어요?"

사무장이 답해보라는 듯 무주와 권을 번갈아

쳐다보았다. 무주는 사무장이 자신을 지명하면 조선소 폐쇄로 인한 지역 사회의 경제적 위기 때문이라고 대답할 요량으로 숨을 골랐다. 사무장은 번갈아 둘의 얼굴만 쳐다보다가 한숨을 내쉬고 말을 이었다. 그에게는 큰숨으로 상황을 과장하는 버릇이 있었다.

"그런 사람들은 안 아파요. 타고나길 잘 타고난데다 평소에 운동하고 보신도 꾸준히 하거든요. 사고라면 모를까. 아플 이유가 없죠. 그러니 우리 같은 병원에 환자가 올 리가요. 서울을 제외하면 이제 지역에서는 요양시설이나 될까. 이인시뿐만 아니라 간신히 유지하고 있는 다른 지역의 병원들도 나날이 어려워질 겁니다. 그러니까 시야를 넓혀야 해요. 이인시는 더 이상 희망이 없어요. 그렇다고 다른 도시 환자들이 제 발로 찾아오길 기대할 수도 없어요. 현재 우리 병원은 여러분도 아시다시피 쇠약한 상태예요. 환자는 줄고 직원들 사기는 낮고 의사는 진료 의욕이 없죠. 이런 환경에서 변화를 이끌어낸다는 건 불가능해요."

권이 고개를 끄덕였다. 무주는 눈치 없이 가만

있다 사무장이 뚫어져라 쳐다볼 때에야 고개를 끄덕였다.

"그래서 말인데 돈 되는 일 좀 해봅시다. 바꿔봅시다. 혁신, 혁신 그러는데, 그건 있는 걸 잘 바꿔보자는 거 아닙니까. 우린 혁신 못 합니다. 혁신도 밑천이 있어야 하는 거예요. 우린 개발해봅시다. 개발, 신축, 이런 거 합시다. 위원회에 의사들 자리는 명분상 만들어뒀지만 그 사람들이 뭘 하겠습니까. 무슨 의견을 내겠어요. 의사들은 기술자지 사업가는 아닙니다. 혁신이든 개발이든 병 고치는 기술자가 하는 게 아니라 사업가가 하는 겁니다. 두 사람이 해야 합니다. 돈 축나지 않게 혁신은 작은 것부터 하고 개발은 크게 해봅시다."

스스로 중요한 인물이라고 착각하는 사람답게 사무장은 직설적인 표현을 자주 썼는데도, 그래서 뭘 하자는 건지 무주로서는 잘 이해가 되지 않았다.

"알겠어요? 내가 뭘 하자는 것 같습니까?"

사무장이 무주에게 물었다. 속마음을 들킨 것 같아 조금 당황했다.

"비용을 줄이는 방법이 많을 것 같습니다. 적정 실내온도 유지, 조명이나 전자기기 사용 제한, 사무용품 아껴 쓰기 등 일상에서 시도할 게 많습니다."

"참으로 구매 담당자다운 발상입니다."

무주의 얼굴이 붉어졌다. 사무장이 달래는 투로 물었다.

"서울 병원도 그렇게 합니까?"

사실과 다른 부분이 있지만 무주는 일단 고개를 끄덕였다.

"그럼 우리도 합시다. 상급종합병원도 그렇게 아끼는데 우리도 아껴야죠."

사무장은 오랫동안 사람을 부려본 탓에 아랫사람의 의지를 꺾어 좋을 게 없다는 것도 잘 알았다.

"회계장부도 보고 약품 장부도 봅시다. 다들 영수증만 받아두면 법대로 처리된 줄 안다니까요. 언제 한번 싹 뜯어고쳐야지, 하고 있었어요. 지금이 그땝니다. 불법, 비리, 다 근절해봅시다."

무주는 사무장의 의도를 제대로 파악하지 못했

으나 그 말에 어떤 의미가 있다고 생각했다.

"원장님이 오늘부터 두 사람을 전폭 지원하라고 했습니다. 혁신안이든 개발안이든 만들어봐요. 보고서에 지적하는 모든 사항을 믿고 숙고할 겁니다. 최선을 다할 테니 두 사람이 원하는 병원, 같이 만들어봅시다."

사무실을 나오자마자 권이 웃었다. 피식 웃었다. 그녀는 뭔가 아는 것일까. 무주와 달리 사태를 파악하고 진의를 통찰한 사람의 웃음 같았다.

사무장의 말을 되새길수록 이것은 신임이 아니라 테스트라는 생각이 들었다. 돈이 안 드는 작은 혁신과 크게 일으킬 개발이란 뭘까. 개발이 신축 시설 추진을 의미한다면, 혁신은 그간 운영에 있어서 불법과 비리가 만연한 일을 찾아보라는 뜻일까. 사무장이 알고 있는 비리를 찾아내거나 의심을 확신으로 바꿀 증거를 찾으라는 걸까. 그렇다면 이 일은 내부 고발의 용기를 확인하려는 테스트일까.

"글쎄요."

무주의 추측에 권이 즉답을 피했다.

"생각해봐요. 우리가 형사도 아닌데 뭐 그렇게까지 바라겠어요?"

"그러면 왜 우리한테 맡긴 걸까요?"

"그야 우리가 제일 조무래기니까요. 문제가 생기면 자르기 쉽잖아요."

더는 할 말 없다는 듯 권이 어깨를 으쓱하고 자리로 돌아갔다.

시험에 든다는 것. 그 말은 위기에 빠진다는 의미였다. 어렸을 때 부모를 따라 교회에 다니며 그 말을 자주 들었다. 어른들은 곧잘 힘든 일을 겪지 않게 해달라는 의미로 '시험에 들게 하지 마시옵고'라고 기도했다. 위기에 처해 신을 저버리지 않게 해달라는 간곡한 당부이거나 미혹한 스스로를 다짐하며 쓰는 말이었다. 성장한 후 무주는 교회에 나간 적이 없지만 누구를 향해서건 무턱대고 기도하고 싶어졌다. 그러나 이미 시험에 든 이상 그런 기도는 아무 소용이 없었다.

무주는 완벽하게 좌우대칭이 맞는 세계, 균형이 잡힌 세계란 없다고 생각해왔다. 모든 것은 비뚤어져 있고 기울어져 있기 마련이라고. 그런 점에서 세계는 애초 구나 정육면체처럼 정확하고 완벽한 형상이 아니라 오히려 트램펄린 같은 것이었다. 똑바로 서면 균형을 잃는 곳, 균형을 유지하려면 비틀거리거나 한쪽 발을 구부리고 팔을 뻗어야 하는 곳, 뒤뚱거려야만 가까스로 설 수 있는 곳 말이다. 그런 세계이므로 균형을 잃은 태도를 오히려 균형 잡힌 태도로 여겼다.

회계장부의 세계는 그렇지 않았다. 날마다의 정산에 문제가 없었다. 주간 단위 정산에도 문제가 없었다. 따라서 월간 정산이나 연간 정산도 틀림없었다. 숫자의 균형만 따지면 어느 것 하나 트집 잡을 게 없었다. 규칙적인 간격으로 찍혀 있는 콤마처럼 질서 정연하고 하자 없이 반듯했다.

상식을 대입하자 결과가 달라졌다. 예를 들어 업무용 컴퓨터 가격이 그랬다. 회사는 매년 감가상각된 업무용 컴퓨터를 구입해왔고, 그것을 5년 단위로 직원의 컴퓨터를 교체해주는 데 사용했다. 개원 8주년인 전년도만 네 대를 구입했는데, 그 금액이 무척 컸다. 무주는 구입한 것과 동일한 품명을 포털사이트에 입력해보았다. 회계장부에는 인터넷 쇼핑몰 최고가보다 약 두 배 가까운 금액으로 적혀 있었다.

그렇기는 해도 사실 얼마 되지 않는 액수였다. 그러나 컴퓨터 이외에 다른 품목들도 모두 대조해보자 금액이 불어났다. 티슈를 구입할 때에도 얼마간 차액이 발생했다. 약품 항목에 있어서는 엄청났다. 거의 모든 약품의 구매 단가가 높게 책정되어 있었다. 차액은 말할 것도 없이 리베이트였다.

이 기만적인 숫자에 어떤 진실이란 게 있다면 누구나 알아차리기 쉽게 일관성을 갖고 부풀려졌다는 점이었다. 누구든 공들여 장부를 들여다보기만 하면 알아냈으리라는 얘기이다. 이제껏 그럴 기회가 없어서 들통나지 않았을 뿐이다. 증빙을 모으고 업체를 추렸다. 내부 담당자가 누구인지 명확해졌다. 무주는 그제야 간절히 기도를 드리고 싶어졌다.

부디 시험에 들게 하지 마옵소서.

이석은 무주의 업무를 봐줄 때마다 시련이란 닥치게 되어 있으므로 그런 일이 생기면 자신을 찾으라고 입버릇처럼 말해왔다. 실제로 도움을 청할 때면 언제나 도와주었지만 정작 가장 큰 시련 앞에서는 어떤 도움도 되지 못했다. 바로 이석으로 인해 벌어진 일이기 때문이었다.

보고일이 다가올수록 무주는 자신이 이런 일에 맞지 않음을 깨달았다. 이석의 월급과 지출을 감안하면 숨이 턱 막혔다. 서울의 병원에 있는 이석의 아이와 이석 아내의 사력을 다한 간호를 떠올리면 죄책감이 들었다. 이 일로 이석이나 아이에게 좋지 않은 일이 벌어지면 심하게 자책할 것 같았다.

동시에 처음 이 일을 시작했을 때 사로잡힌 생각, 세상이 나아져야 한다는 신념도 떠올랐다. 확실히 무주는 순도 높은 정의감과 도덕심에 홀려 있었다. 다시는 잘못된 판단을 내리고 싶지 않았다. 신념 때문만이 아니었다. 잘못된 선택으로 고통받는 게 두려웠다.

권이 이 사실을 아는지 모르는지 확신하기 어려웠다. 장부를 들여다볼 기회가 없어서 모르는 것이지, 장부를 살펴본다면 그녀 역시 쉽게 알아낼 것이다. 매번 숫자를 부풀려온 이석의 잘못은 금세 발각될 것이다. 만약 무주가 묵인하려 든다면 권은 그것도 알아챌 것이다.

직원들을 두고 대체로 좋은 점만 얘기하는 이석도 권에 대해서는 그렇지 않았다.

"권과 얘기하다 보면 언제나 기분이 잡쳐. 내가 잘못한 기분이 들거든."

무주도 그 말에 동의했다. 권은 상대의 실수를 곧장 지적하고 틀린 걸 바로잡으려 했으며 생각 좀 하라면서 힐난조로 말했다.

권이라면 어떻게 했을까. 원칙주의자인 권은 신랄하게 이석을 공격하고 후속 조치를 요구할 것이다. 한마디로 이석의 비리를 자신의 성과로 삼을 것이다.

탕비실에 갔다가 커피믹스 몇 개를 주머니에 넣어 집으로 가져가는 직원이 많았다. 사무용 볼펜이나 문구류도 무심코 집에 가져가서 썼다. 아이에게 줄 학용품 일부를 원내 비품으로 처리하기도 했다.

무엇보다 병원에서는 중독성 있는 약물을 빼돌

리는 문제가 흔히 발생했다. 간호조무사 중에 바깥에서 '주사 아줌마'로 통하는 이가 있다는 건 공공연한 비밀이었다.

그런 인간들과 이석은 달랐다. 푼돈에 흔들렸을지 몰라도 성실하고 착실했다. 책임감 있고 정확하게 업무에 집중했다. 태도만 보자면 확실히 돈을 노렸다고 보기 의심스러웠다. 게다가 이석은 남을 배려하고 웃게 할 줄 알았다. 크게 나쁜 일을 저지를 수 없는 사람이라는 뜻이다. 아이 때문에, 매달 지불해야 하는 병원비 때문에 저지른 실수일 것이다.

아니었다. 그 일은 개원 2년 후부터 지속적으로 벌어졌다. 아이가 병원에 입원하기 전부터 시작된 일이었다. 만약 아이 때문에 벌어진 일이라면 어땠을까. 당연히 무주는 관용을 베풀었을 것이다. 어쩌면 권도 그럴 것이다.

권에 의해 이석의 비리가 밝혀지면 무주는 무능을 각오해야 했다. 알고도 모른 체하면 공모자 취급을 받을 것이고 별다른 의심을 품지 않았다면 부주의하고 태만하다는 비난을 면하기 어려울 것이다. 무주에게는 혹시 있을지 모르는 권의 보고를 막을 권리가 없었다. 그러므로 어떤 보고도 하지 않았을 때 자신에게 생길 문제도 고려해야 했다.

묵인에 대한 대가를 치를 수 있다고 생각하면 이석을 감싸는 일에 반감이 들었다. 잘못을 저지른 사람은 이석이었다. 당연히 책임져야 할 사람도 이석이었다. 아무리 이석이 고맙고 인간적으로 괜찮은 사람이라 해도 보고를 누락함으로써 자신에게 좋지 않은 일이 생긴다고 하면 어떻게 해야 할지가 분명해졌다. 이석 때문에 자신이 업무적으로 위기에 놓이거나 심할 경우 병원을 그만둬야 한다면, 또다시 그런 일이 벌어진다고 가정하면, 덜컥 겁이 났다. 그 모든 일을 감당할 만큼 이석이 고마운지, 이석과의 우정이 돈독한지, 우정이라는 것이 그렇게 지킬 만한 것인지 의문이 들었다. 질문하는 순간 답이 떠오를 때가 있는데, 이 질문이 그랬다.

원하는 일은 아니었지만 보고하는 게 당연하다 여겨졌다. 몇 개월 감봉이나 정직으로 무마될 게 틀림없었다. 그간 성실하게 업무를 수행한 이석의 공을 원장과 사무장은 결코 무시하지 않을 것이다.

비리를 알고도 모른 척했다는 추궁을 받지 않아도 되고, 이석을 직접 고발한다는 가책과 부담을 줄일 수 있는 방법을 궁리하던 중, 무주는 병원 홈페이지를 떠올렸다. 전산 관리자가 들여다는 보는지 홈페이지에 정보가 업데이트되는 일은 거의 없었다. 최초 화면에서 몇 단계를 거치면 '고객의 소리'로 통칭되는 건의사항 메뉴가 나왔다. 살펴보니 간혹 글이 올라오기는 했다. 스팸이나 병원 공지사항이 대부분이었고 드물게 진료 예약글이 올라왔다. 예약 메뉴가 별도로 있고 홈페이지를 통하기보다는 대면 예약이나 유선 예약이 많아 게시글이 많지는 않았다.

언젠가 이석이 게시판에 비밀글로 질문을 올린 적 있다는 얘기를 해준 게 떠올랐다. 이석은 간호사 문진에 왜 학력 항목이 들어가느냐는 질문을 남겨두었다. 아무리 시간이 지나도 답변이 올라오질 않자 할 수 없이 해당 페이지를 스마트폰으로 접속해 간호사들에게 직접 보여줬다. 간호사들은 그런 게시판을 처음 본다는 표정으로 환자 학력에 따라 병명이나 처방 내용 같은 걸 다르게 설명하기 때문에 문진 항목에 반드시 학력이 필요하다는 뻔한 해명을 늘어놓았다.

이석이 사무실로 돌아와 그 얘기를 하며 장난스럽게 화를 냈다. 자신은 한 번도 의료진에게 그런 세심한 배려를 받아본 적 없다고 했다. 의사나 간호사는 설명하는 일에 전혀 관심이 없기 때문에, 배운 놈이나 못 배운 놈이나 의사 말 못 알아듣는 건 마찬가지라고 비난을 퍼부었다.

게시판에 비밀글을 남겨두는 게 썩 좋은 생각 같아서 안도감이 들 정도였다. 그때만 해도 무주는 이 선택에 대해 이러저러한 가정을 해보게 될 줄 미처 몰랐다.

3. 검고 둥근 작은 점

무주가 일말의 정의감과 도덕심에 취해 있던 것은 아이 때문이었다. 아내는 임신 소식을 전하며 활짝 웃었다. 눈가와 턱선에 희미하게 주름이 잡혔다. 아내는 감정이 얼굴에 다 드러나는 사람이었다. 기분이 좋을 때면 살짝 벌어진 치아를 드러내며 활짝 웃었고 우울할 때는 얼굴 전체가 아래로 처졌다.

의사가 초음파 기계를 가져다 대자 물컹거리는 검고 흰 화면이 나타났다. 의사가 검고 둥근 작은 점을 가리켰다. 아기집이었다. 아내가 잠깐 숨을 참았다가 탄성을 내뱉었다. 탄성을 지르지는 않았지만 무주 역시 아내와 같은 의미로 얼마간 숨을 쉴 수 없었다. 화면은 고요히, 그러나 끊임없이 움직였다. 잔잔한데도 풍랑이 몰아치는 바다처럼 느껴졌다. 낙폭이 큰 파도가 자그맣고 연약한 아기집을 단숨에 쓸어버릴 것 같았다.

그럴 리 없었다. 무주의 불안은 종종 과해서 의미 없을 때가 있는데, 지금이 그랬다. 아이는 엄마와 함께 규칙적이고 힘차게 박동하고 있었다. 파도나 바람이 그렇게 하는 게 아니었다. 전적인 생의 의지로 뛰었다. 가만히 지켜보면 꽤나 믿음직한 속도와 간격이었다. 뭉클했다. 가냘프지만 끈질기게 아내와 더불어 숨 쉬는 아기가 있다고 생각하면 그랬다.

불안하기도 했다. 숨이 너무 연약해서, 불면 사라질 듯 작아서, 그대로 움직임을 멈출 것 같아서. 맹세코 무주가 이런 환희와 공포에 동시에 사로잡힌 적은 없었다.

아이가 약해 보일수록 무한한 책임감이 느껴졌다. 아내 몸속의 연약하고 고요하고 힘찬 존재와 언제고 함께하고 싶어졌다. 이제껏 무주에게 이런 존재는 없었다. 그 때문에 아이가 존재하지 않던 과거의 자신이 몹시 무가치하게 여겨졌다.

의사가 복잡한 표정의 무주를 안심시키듯 말했다.

"아빠 될 사람이 이렇게 긴장하면 어떡해요. 걱정 말아요. 이래 봬도 제법 편안하고 안정된 자세예요."

아내가 웃었다. 무주도 긴장을 풀고 앞으로 크게 의지하게 될 의사를 향해 웃어 보였다.

안정감은 거기까지였다. 의사는 아이의 심장 박동 수가 다소 적은 편이라고 지적했다. 당장 문제시되는 건 아니지만 경우에 따라 유산의 가능성이 있으니 주의하라고 당부했다.

병원 밖 인도로 나선 아내가 갑자기 걸음을 멈추더니 한숨을 내쉬었다.

"어떻게 걸어야 할지 모르겠어요."

아내는 긴장한 표정으로 아이를 보호하듯 두 손을 복부에 포갰다.

무주가 보기에도 마주 걸어오는 행인들이 불길해 보였다. 결코 비킬 마음 없이, 제 앞을 가로막는 것은 무엇이든 밀칠 작정으로 무턱대고 걸어오는 노인과 중년 사내, 친구와 장난치며 무방비하게 뛰어오는 꼬마, 인도를 장악하고 수다를 떨며 나란히 걸어오는 여자들, 골목길에서 갑자기 튀어나오는 자전거나 오토바이를 탄 사람. 예전에는 태연하고 자연스럽게 보이던 행인들이 위험하고 위태롭고 불편하고 공격적으로 느껴졌다.

"여보, 조심해요."

무주가 무심코 중얼거렸다. 아내는 걷는 데 집중하느라 듣지 못했다. 조심해요. 앞서가는 아내의 뒷모습을 보며 무주가 다시 중얼거렸다. 아내에게 한 말인지 자신에게 한 말인지 알 수 없었다. 앞으로도 계속 그 말을 중얼거리게 될 것도 당연히 알지 못했다.

아이를 보호하려고 불편함을 감수하는 아내의 뒷모습을 보며 무주는 때 아닌 수치심을 느꼈다. 오래전 벌인 일의 의미를 이제야 깨달았다. 한때 무주는 태연히 불법을 저질러왔다. 다른 사람의 비리를 묵인했다. 들통났을 때는 부끄럽기보다 억울했다. 왜 자신만 대가를 치러야 하는지 화가 났다.

아이에게 그런 모습을 들킨다고 생각하니 모골이 송연해졌다. 자신이 살아갈 곳이라면 어떤 세계라도 견딜 수 있었다. 위험과 불안, 폭력과 거짓말, 비리와 관행, 변명과 회유에 사로잡힌 곳이어도 괜찮았다.

아이가 살아갈 곳이라고 생각하면 달라졌다. 아이가 자신을 닮아간다면, 자신 같은 어른이 된다면, 자신이 아이를 부끄럽게 만든다면, 참기 힘들었다. 아이만큼은 바르고 선량하고 착실하게 자라주었으면 했다. 자신에게서 비롯되었지만 자신과 전혀 다른 인격으로. 그 순간 무주는 과거의 자신과 완전히 결별하기로 마음먹었다.

다시 인생이 주어진 기분이었다. 이제까지의 인생은 아무 의미가 없다고 단정했다. 그 기분 때문에 과거의 자신과 지금의 자신이 같은 사람임을 실감하기 어려웠다.

대학병원을 관둬야 했을 때 무주는 억울하고 분했다. 과장의 권고를 받아들인 것은 그것이 마땅한 조치여서가 아니었다. 혹시라도 훗날을 도모할 수 있을까 싶어서였다. 퇴사로 충분한 대가를 치렀으므로 앞으로 인생에게서 받을 것이 많으리라 여기기도 했다.

아내는 무주가 구조조정의 소용돌이에 휘말렸다고 짐작했다. 성정이 나약하고 조직생활에 서툴러 밀려났다고 생각했다. 영 틀린 건 아니었으므로 무주는 사실을 고백하는 대신 침묵했다. 아내의 실망을 견디기 힘들었다. 사랑하는 사람에게 비리를 고백하느니 무능한 것으로 오해받는 게 나았다. 아내는 무주를 애처롭게 여긴 나머지 병원을 그만둬야 하는 이유를 자세히 묻지 않았다. 이인시로 가자고 하자 쉽게 동의해주었다. 출판사 일을 좋아했지만 다니던 직장도 곧 정리했다. 연민 때문에 아내는 무주를 이해한다고 착각했다.

낙오된 느낌이 들 때마다 무주는 대가를 치르고 있다는 마음으로, 언젠가 끝나리라는 생각으로 버텨왔다. 아이는 무주가 치러야 할 대가가 끝났다는 신호였다. 말하자면 다시 인생을 시작해도 좋다는 의미였다. 그렇지 않고서야 지금에서야 아이가 생긴 것을 믿을 수 없었다.

할 수 있는 한 모조리 다시 시작할 작정이었다. 선한 의지로 우정을 쌓아가고 순간적인 충동에 굴복하지 않고 신념과 신의를 지키고 동료와 신뢰를 만들어가고 함께 미래로 나아갈 가족과 사랑을 나누고 나날의 삶을 좀 더 살 만한 것으로 만드는 소소한 웃음과 농담과 잡담을 나눌 작정이었다.

산부인과에서 초음파를 보고 돌아와 아내와 함께 저녁을 먹는데 난데없이 서툰 젓가락질이 마음에 걸렸다. 무주는 어린 시절 아버지에게 얻어맞기까지 했지만 젓가락질을 제대로 해내지 못했다. 젓가락질을 못한다고 아버지에게 얻어맞을 때마다 밥맛이 떨어졌고 그러면 깨작거린다고 또 야단을 맞았다.

균형 잡힌 생활을 위해 무주는 젓가락질부터 제대로 하기로 했다. 아이를 위한 첫 번째 행동이 영 볼품없지만 작은 것부터 달라져야 삶을 바꿀 수 있을 터였다. 운전할 때는 신호와 규정 속도를 반드시 지키고 가급적 정지선에 맞춰 차를 세웠다. 남들을 재촉하거나 실수를 따져 물으려 경적을 울리는 일도 관뒀다. 길거리에 휴지를 버리지 않았고 눈에 띄는 쓰레기는 직접 주워 버렸다. 구걸하거나 도움을 청하는 사람을 지나치지 않았고 다른 사람을 비난하는 말도 하지 않았다. 근무 중 태만하거나 개인적인 일을 처리하지 않았다. 그러한 결과로 무주는 선도병원 동료들에게 소심하고 고지식한 원칙주의자라는 평을 들었다.

비리 내역을 문서로 정리하면서 무주는 줄곧 서울의 병원에 있는 이석의 아이를 떠올렸다. 장래 로봇이 되고 싶다던 아이, 몸의 여러 곳이 제 기능을 못 해 꼼짝없이 누워 있는 아이, 머릿속으로 여전히 사고하고 상상할 아이, 희미하지만 굳세게 삶을 붙들고 있는 아이, 누워서도 조금씩 키와 머리카락과 손톱이 자라는 아이, 더러 따뜻한 손가락을 움직이고 자동 반응 같은 미소를 지어 부모에게 끊임없이 갱생의 희망을 선사하는 아이, 아무 말 하지 않지만 숨을 쉰다는 것만으로 가장 큰 기쁨을 주는 아이. 그 아이를 떠올리면 당장 멈추고 싶어졌다.

하지만 초음파로 본 자신의 아이를 떠올리면

생각이 달라졌다. 희미하지만 의지 있는 심장 박동, 검고 흰 물결 속에서 끊임없이 생을 향해 뒤척이는 강인한 아이를 생각하면, 묵인할 수 없었다. 훗날 아이에게 부끄러움에 맞서라고 말하는 아버지가 되고 싶었다.

아이를 둘러싼 불안정한 물결의 흔들림을 목격하지 않았다면, 자신의 미래에 아이가 있다는 확신이 들지 않았다면 이석의 일을 모른 체했을 것이다. 이석의 아이를 떠올리면 분명 그랬을 것이다.

위원회에 제출한 보고서에서 권은 노인 환자 위주로 병원 체질을 개선하자는 제안을 했다. 노인들은 어디에나 있기 마련이고, 당연히 이인시 인구 중 가장 높은 비율을 차지하고 앞으로 점점 더 늘어날 테니 노인 위주의 체질 개선은 일견 타당하고 절실한 문제였다. 무주가 상식적 수준의 비용 절감 문제를 거론하면서 미납 병원비 해결 방안을 세세히 제안한 데 비하면 적극적이고 문제적인 보고서였다.

권의 보고서를 두고 긴 토의가 이어지면서 상대적으로 소극적인 무주의 보고서는 흐지부지 묻했다. 권의 제안은 사무장에게는 강력한 지지를, 원장과 의료진에게는 우려의 소리를 들었다.

홈페이지에 올린 글은 며칠간 누구도 읽지 않았다. 제목도 없는 글이어서 스팸이라 여기는지도 몰랐다. 무주의 생각대로 되는 모양이었다. 아무 일도 일어나지 않는 것 말이다. 그럼에도 무주는 긴장 상태로 이석을 대했다. 아직 몰라서 그러는 듯했지만 이석이 무주를 대하는 태도에는 변함이 없었다. 여전히 원장을 비꼬는 농담을 했고 시시때때로 아들 걱정에 표정이 어두워졌고 전보다 자주 서울의 아내와 통화했고 활기차게 외근을 다녀왔다.

이석이 평상시와 다를 바 없이 굴어도 무주의 마음은 편치 않았다. 무주는 수시로 게시판을 들락거렸다. 누군가 글을 읽어주기를 바라기도 했고 아무도 조회하지 않아 다행스럽기도 했다. 갈피를 잡지 못하는 마음이 너무 버거워서 차라리 글을 내리려고 했을 때는 이미 누군가에 의해 삭제된 후였다.

무주는 깜짝 놀랐고 전산 관리자인 정을 의식

했다. 정은 아무렇지 않아 보였다. 무주를 주목하거나 급하게 상급자를 찾아가는 눈치도 없었다. 무주는 더 불안해졌다. 이석에게 잘못했다고 털어놓고 싶어졌다.

고민할 필요도 없이 게시글이 삭제된 다음 날 이석이 나타나지 않았다. 출근할 때면 늘 신문을 활짝 펼쳐 든 이석이 보였는데, 그날은 없었다. 출근하지 않고 곧장 외근을 나간 것일 수도 있었다. 대면하는 시간이 미뤄져 더 긴장되었다. 종일 압박감을 느끼며 자리를 지켜야 했다.

퇴근할 즈음에 여기저기서 이석에 대해 수군거리는 소리가 들려왔다. 이석이 전날 밤늦게 원장과 다퉜다는 것이다. 야간 근무자와 간호조무사에게서 흘러나온 얘기였다. 외근 중인 이석을 원장이 불러들였고, 복도에서 마주치자 크게 소리를 질렀다고 했다. 이석이 지지 않고 원장에게 실력 운운했다는 얘기도 들려왔다.

사람들은 이석과 원장이 다툰 이유를 다양하게 추측했다. 아이 때문이라는 얘기가 제일 먼저 나왔다. 사고 당시 원장은 이석의 아이보다 상태가 비교적 양호한 다른 환자를 먼저 돌봤다.

돈 때문이라고도 했다. 그간 이석이 환자 유치 과정에서 커미션을 받아왔는데, 늘상 배분 비율이 문제였다는 것이다. 즉각적으로 이석에 대해 나쁜 말을 거드는 사람이 나왔다. 그의 비열하고 냉혹한 태도를 슬쩍 공개했다. 이석은 외부에서 면접을 치러 비급여 약제를 많이 처방할 수 있는 환자를 우선적으로 받았다고 했다. 확인되지 않은 사실인데도 사람들은 삐끼인 줄 알았더니 장사꾼이라거나 사기꾼이라고 비아냥댔다. 그것이 그동안 이석이 일을 해온 방식으로 병원의 오랜 관행이라면 왜 하필 지금 문제가 되느냐고 반문하는 사람도 있었지만 무분별한 논평과 악의적인 해석에 묻혔다.

무주는 이석을 욕하는 무리에 끼지 않았다. 무주로서는 하루아침에 바뀐 평판이 의아하기만 했다. 그러나 생각해보면 평판이 바뀐 게 아니라 무주가 그간 잘 모르고 지냈을 가능성이 높았다. 입사 초기부터 이석은 무주를 끼고돌았고 무주는 이석을 의지했다. 그런 무주에게 이석에 관한 나쁜 얘기를 전해줄 사람은 없었을 것이다.

무주는 자책했다. 홈페이지에 올려둔 글 때문에 벌어진 일이라고 생각했다. 미안한 마음에 사무장과 이석의 돈독한 관계를 굳이 상기했다. 원장도 병원을 위한 이석의 헌신을 고려할 것이다. 고작해야 이석에게는 몇 개월 감봉이나 경고 조치가 내려질 것이다. 그저 입방아에 올라 망신을 당하는 것으로 그치거나.

며칠 뒤 이석이 사직 처리되었다는 소식이 전해졌다. 감봉, 정직의 단계도 거치지 않고, 인사위원회 소집이나 소명의 기회도 주지 않은 채 말이다. 리베이트를 준 것으로 밝혀진 납품업체가 사내 물품 공급 가능 업체 목록에서 삭제되거나 제외되는 일 없이, 이석이 병원 내 누군가와 결탁했을 가능성에 대한 조사 없이, 이석만 일자리를 잃었다.

무주에게는 몹시 놀라운 얘기였지만 직원들의 관심은 이미 멀어져 있었다. 비상이라 할 만한 응급 상황이 연이어 벌어져서였다. 중환자 병동의 환자가 헤파린 용액을 주입 받고 얼마 지나지 않아 식은땀이 나고 정신이 혼미해지며 몸이 떨리는 등 쇠약한 상태에 빠졌다. 그런 일이 종종 일어났으므로 그 일로 놀란 사람은 처음에는 담당 간호사뿐이었다. 환자는 혈액 검사 결과 인슐린 수치가 치솟은 것으로 드러났다. 의료진이 오렌지 주스를 먹여 혈당량을 높이고 포도당 수액을 주사해 간신히 사망 위기를 넘겼다.

다음 날 일반 병동의 남자 환자가 똑같은 과정을 겪으면서 모든 의료진과 직원이 비상사태로 돌아섰다. 환자는 헤파린을 맞으면서 구토를 하고 주스도 넘기지 못하는 상태가 되었다. 의사들이 헤파린과 포도당을 투여하는 식으로 대처했는데, 그러다 보니 종일 인슐린 분비가 지나치게 늘거나 인슐린이 부족해지는 악순환을 거듭해야 했다. 두 환자는 며칠 후 인슐린 수치에 있어 정상을 회복했다.

한 간호사가 두 환자의 공통된 증상이 헤파린 용액 주머니 때문이라는 의혹을 제기했다. 약품 보관실의 헤파린 수액을 모두 검사한 결과 일부 수액 주머니가 훼손되어 있었고, 그 안에서 인슐린이 검출되었다.

누군가의 과실이라는 게 일반적인 생각이었다. 투약 과오는 유감스럽게도 병원에서 언제나 일어날 수 있는 실수였다. 그러나 수액 주머니 겉면의 모서리 쪽에 미세한 바늘로 찌른 흔적이 나 있는 것을 과실만으로 설명하기는 힘들었다. 수액 주머니를 조절 밸브에 연결하는 과정에서 접합 부위에 바늘 자국이 생길 수는 있었다. 그 외 위치에는 그럴 가능성이 없었다.

간호사들은 우연한 사고가 아니라고 주장했다. 수액 주머니의 내용물을 바꾸면 환자의 상태가 달라지는 걸 아는 사람이 벌인 짓이라고 했다. 경찰에 신고하고 철저하게 원인을 규명하자는 의견을 냈다. 간호사들은 자신들이 투약 과실에 대해 의심받는 상황에 격노했다.

수간호사가 원장과 사무장을 만나 이 사실을 알렸다. 원장과 사무장은 단둘이 회의한 후 다시 수간호사를 불렀다. 원장은 굳은 표정으로 수간호사에게 외부 조사에 의지하지 않겠다고 통보했다. 위기를 겪은 환자들과 특정한 인물을 연관 지을 방도가 없고 어쨌거나 우연의 가능성도 분명히 존재하므로 병원 측의 실수를 자발적으로 공개할 필요가 없다는 것이었다.

수간호사는 물러서지 않았다. 두 환자의 담당 간호사를 위시한 간호사 무리를 이끌고 다시 사무장실을 찾았다.

"다 망하자는 겁니까?"

사무장이 사무실 문을 열고 크게 소리쳤다. 일이 어떻게 되는지 멀찍이 복도 끝에서 지켜볼 작정이던 직원들에게도 다 들릴 정도였다.

"병원 문 닫을까요? 누구는 착복하고 누구는 약물을 주입해 환자를 죽게 할 작정이었다고 경찰에게 말해볼까요?"

기세 좋게 사무장실을 두드린 수간호사와 간호사들도 묵묵히 고개를 수그렸다. 오해를 받지 않는 게 중요하지, 병원에 누를 끼치자는 건 아님을 깨달은 것이다.

사무장의 말에서 어떤 의미를 찾은 건 무주뿐이었다. 무주는 그 말을 듣고 이석이 해고당한 원인을 확실히 알아차렸다. 사무장이 말한 '착복한 사람'은 당연히 이석이었다. 무주가 계기를 만들었다.

사무장은 일단 거기서 멈췄다. 복도를 기웃거리는 외래 환자들을 의식한 탓이었다. 사무장은 진료 시간이 끝난 후 직원과 의료진을 강당으로 소집했다. 단상에 선 사무장이 마이크도 없이 소리를 질러가며 말했다.

"여긴 병원입니다. 병원에서 누군가 약물 쇼크를 일으켰어요. 그게 그렇게까지 이상한 일입니까? 여긴 병원인데요? 양 간호사, 말해봐요. 그렇습니까?"

양 간호사가 눈을 피했다. 그녀는 처음으로 쇼크를 일으킨 환자의 담당 간호사였다.

사무장 말대로 이상한 일은 아니었다. 사람은 죽기 마련이다. 다른 곳도 아닌 병원에서. 특히 중환자실이나 일부 병동에서는 그런 일이 빈번하게 일어났다. 가끔은 사람들이 죽으러 병원에 오는 게 아닌가 싶을 정도로 의사들이 실패할 때도 있었다. 병원에는 날마다 긴급을 알리는 코드 방송이 이어졌다. 괜찮아질 때도 있었지만 좋지 않은 결과가 나올 때도 많았다.

"환자들은 병원에서 병이 낫기도 하고 더 나빠지기도 합니다. 아무리 치료를 받아도, 의료진이 최선을 다해도, 의사나 간호사가 늘 가까이 있어도 그렇게 됩니다."

실제로 그랬다. 같은 병을 앓아도 환자들은 저마다 다른 증상을 보였다. 똑같은 약을 처방해도 잘 듣는 환자도 있고 오히려 악화되는 환자도 있었다.

"가족들이 보기에는 비교적 멀쩡해서 입원했지만 점차로 의식을 잃어가다가 사망하기도 합니다. 좋은 일은 아니지만 어쨌든 그런 일이 일어납니다. 그게 다 여기가 병원이기 때문이 아닙니까. 여기가 휴양집니까? 침대에서 빈둥거리며 쉬다가 얼굴 좋아져서 돌아가는 곳입니까? 병원이 그런 곳이에요? 살기도 하고 죽기도 하는 곳, 그게 병원 아닙니까? 환자들이 죽었습니까? 그냥 쇼크를 일으킨 겁니다. 그것도 우리 의료진이 다 정상으로 돌려놨습니다. 이제 괜찮아졌어요. 두 환자 모두 정상이 되었죠."

사무장이 말을 멈췄다. 침을 삼키는 소리가 들려올 정도로 강당이 조용했다.

"원인 불명의 인슐린 급증 현상은 간호사의 실수일 가능성이 가장 큽니다."

즉각적으로 간호사 무리가 항의했다. 사무장이 조용히 하라는 듯 손을 내저었다.

"일부러 그랬다는 게 아닙니다. 의사의 지시를 잘못 따랐으리라는 겁니다. 그게 아니면 약병에 라벨이 잘못 붙어 있었거나. 제약사의 잘못으로 말이죠."

둘 다 그다지 믿음직스럽지 않은 얘기였다.

"병원에서 이런 실수는 끔찍하게도 종종 일어나지 않습니까? 병원에서 사람이 아프고 의식을 잃고 죽을 뻔한 게 이상합니까?"

뒤쪽에 앉아 있던 정형외과 전문의가 이번 일은 흔한 실수가 아니라고 소리쳤다. 사람들이 술렁였다.

"아, 그렇습니까? 그러고 보니 병원에서는 흔하지 않은 실수가 많이 벌어지는군요. 그런 일들을 말해볼까요?"

사무장이 이견을 제시한 전문의를 똑바로 쳐다보며 말했다. 거리가 가까웠다면 눈빛이 얼마나 매서운지 확인할 수 있을 정도였다. 사무장은 오래전의 의료사고까지 낱낱이 파헤칠 듯 굴었다. 당당한 태도로 미루어 의료진의 사기를 떨어뜨릴 만한 사례를 충분히 알고 있는 게 분명했다. 좌중이 조용해졌다.

"그럼 이렇게 합시다. 간호사의 투약 실수와 의료사고를 방지하기 위해 앞으로는 모든 간호사실과 진료실에 CCTV를 설치합시다."

의료진 사이에서 즉각적으로 반발하는 소리가 들려왔다.

"병원에서는 성공은 크게 알리고 실패는 숨겨야 하는 법입니다. 의료사고는 실패가 아닙니다. 의료기술을 더 발전시키기 위한 시행착오입니다. 실수해야 나아집니다. 의술은 그렇게 발전해온 것 아닙니까?"

사무장은 시혜를 베풀듯 CCTV 설치를 무효화하겠다고 했다. 안도할 새도 없이 담당 간호사의 문책을 피할 수는 없다고 못 박았다. 원장도 거들었다. 사건이 벌어졌고 누군가 책임을 져야 한다는 게 그들의 공통된 의견이었다. 간호사들이 심하게 항의했지만 의사들은 모른 척했고 사무장과 원장은 듣지 않고 강당을 나가버렸다.

웅성거리는 소리가 이어지던 강당이 다시 조용해질 때까지 무주는 구석에 홀로 앉아 있었다. 이 일로 무주는 병원이 걱정하는 게 환자는 아니라는 점을 확실히 알게 되었다. 병원이 바라는 건 병상이 비지 않는 것이지, 환자의 완치가 아니었다.

그날 밤늦게 이석이 전화를 걸어왔다. 월말이어서 무주는 사무실에 남아 밀린 정산을 처리하고 있었다. 이석을 피하고 싶었기 때문에 휴대폰 액정에 뜬 이름을 노려보기만 했다. 그러다가 충동적으로 전화를 받았다. 어쨌든 사과해야 한다는 생각이 들었다.

수화기 저쪽에서는 아무런 소리도 들리지 않았다. 무주는 여러 차례 이석의 이름을 불렀다. 이석에게서 아무 대꾸도 들을 수 없었다. 불통인가 싶어 전화를 끊고 다시 걸려는데 희미한 소리가 났다. 끅끅거리는 소리, 날카로운 것으로 긁어대는 소리였다. 기계음 같았다. 깊게 고인 물이 울리는 소리 같기도 했다. 혼선이 일어난 건 아니었다. 무주는 아무 말도 하지 않고 잠자코 그 소리를 들었다. 이석이 먼저 따져 묻기 전에 사과할 작정이었는데 어쩐지 말을 꺼낼 수 없었다.

무주가 주저하는 사이 전화가 끊겼다. 여러 번 다시 걸었지만 이석은 받지 않았다. 다음 날 전화했을 때는 결번이라는 안내음이 들려왔다.

헤파린 사건으로 병원에 내분이 일면서 이석은 자연스레 화제에서 멀어졌다. 그렇게 됨으로써 이석의 해고를 두고 절차상 어떤 결함이 있었는지, 이석 혼자 저지른 일인지 병원 내 누군가와 결탁했는지 하는 문제는 근거를 가지고 검토될 시간을 놓쳐버렸다. 이석에게 사과를 하고 변명을 해보려던 무주도 기회를 놓쳤음은 말할 것도 없었다.

4. 조심해요

그렇다고 이석이 완전히 사라진 것은 아니었
다. 사람들의 질문 속에서 얼마 후 다시 등장했
다. 무주는 처음 이석에 대해 질문을 받던 순간을
생생히 기억했다.

"뭐가 그렇게 서운했어요?"

사인을 마친 결재 서류를 건네주며 과장인 김
이 물었다. 무주는 무슨 말인지 바로 알아차리지
못했다.

"둘이 친했잖아요. 무주 씨가 워낙 원칙주의자
라서 그런가요?"

그제야 이석과의 일을 묻는 것임을 알아차렸

다. 당황했다. 익명으로 올린 글인데 신원이 노출된 것에 충격을 받았다. 그러느라 앞으로의 일을 잘 예측하지 못했다. 계속해서 그 질문을 받게 되리라는 것 말이다.

김의 질문으로 이상한 분위기를 감지한 후, 무주는 병원에 이미 자신이 이석을 고발한 사실이 파다하게 퍼져 있음을 깨달았다. 그러고 보니 슬며시 혹은 노골적으로 다가와 이석에게 무슨 일이 있는지 묻는 사람이 있었다. 최근 들어 어디에서든 홀로 남겨진 경우가 많다는 것에도 생각이 미쳤다. 점심을 먹으러 구내식당으로 몰려가는 무리에서 뒤처지거나 휴게실에서의 짧은 커피타임에 끼지 못한 것, 함께 담배를 피우러 가자고 권하는 사람이 없어진 것, 간호사들이 좀 더 무뚝뚝해진 데에는 다 이유가 있었다.

소문이 서서히 무주에게 돌아왔다. 권이 전해준 말에 의하면, 직원들은 무주가 이석의 작은 실수를 봐주지 않았다고 생각했다. 이석이 저지른 비리 내용이 정확히 알려지지는 않은 모양이었다. 그랬다면 무주보다 이석에 대한 비난이 많았을 것이다. 평소 이석을 못마땅해 하던 사람들이 무주를 찾아와 이석이 얼마나 매도당해 마땅한지 얘기하고 싶어 할 수도 있었다. 원장과 이석이 다 퉜다는 소식이 들렸을 때 실제로 그런 일이 일어 났었다.

무주가 화제에 자주 오르면서 원치 않는 일이 벌어졌다. 누군가 무주의 이직 사유를 알아냈다. 그다지 어려운 일은 아니었을 것이다. 아는 병원 의 관계자 두엇만 거치면 대학병원에서 근무하던 시절의 무주에 대해 원하는 만큼 들을 수 있었을 테니까.

처음에는 동료들도 무주에 대해 말하는 것을 조심스러워하는 듯 보였다. 모여 있다가도 무주 가 나타나면 어색하게 표정이 굳거나 허둥대며 업무에 몰두하는 척했다. 자기만 아는 비밀인 듯 겉으로는 드러내지 않으려 했고 간혹 친밀한 사 람과만 낮은 목소리로 얘기를 나눴다. 나중에는 무주가 잠깐만 자리를 비우면 화제로 삼았다. 무 주가 나타나도 사람들은 키득거리는 웃음을 숨 기려고 노력하지 않았다. 원칙주의자라는 그간의 평을 오히려 비아냥거리로 삼았다. 동료들이 자신을 입에 올리며 파렴치하게 구는 모습을 무주는 여러 차례 목격했다. 그만큼 무주 얘기를 많이 한다는 뜻이었다.

변명하고 싶었다. 누군가 사실을 확인하려 들었다면 기회를 놓치지 않았을 것이다. 자신은 그저 관행과 지시에 따라 업무를 수행한 것이라고 말할 기회 말이다.

이전 병원에서 무주는 과장의 지시대로 했다. 무주가 구매 계약을 맺으면서 특정 업체에 혜택을 주거나 부풀린 숫자는 엄청났다. 관행이라고 했다. 오래전부터 그렇게 해왔고 남들도 다 그렇게 한다는 뜻이었다. 사수인 선배도 그렇게 말했다. 이런 식으로 자금을 융통해두지 않으면 환자만으로는 병원 운영이 어렵다는 믿음직하지 못한 얘기도 들었다.

의심하지 않은 건 아니었다. 순진한 척한다는 비난을 감수하고 질문도 던졌다. 도대체 얼마나요? 정말 다 이렇게 하나요? 과장이 피식 웃었다. 눈치껏 굴라는 뜻 같았다. 과장은 격려하듯 무주의 굳은 어깨를 툭툭 쳤다.

관행만큼 편하고 안전한 건 없었다. 문제가 불거지면 '관행'이 비난받을 것이었다. 자신 말고도 그렇게 한 선배와 지시를 내린 과장이 곁에 있다고 생각하면 다소 편해졌다. 장부에서 부풀린 수많은 돈 중 자신이 직접 주머니에 챙겨 넣은 돈은 하나도 없기 때문에 더욱 마음을 놓았다.

아니었다. 무주는 두둑이 챙겼다. 일개 구매과 직원이었지만 과장이 값비싼 저녁을 먹는 자리에 종종 동석했다. 한 번도 가본 적 없는 규모의 식당에서 업체 직원과 식사를 했다. 식사가 끝나면 차비를 받기도 했다. 차비치고는 제법 봉투가 두툼한 걸 매번 모르는 체했다.

명절 무렵이면 날마다 업체 직원이나 약품업자들과 약속을 잡아야 할 정도였다. 차차 무주를 형님이라 부르는 사람이 생겨났다. 무주는 기꺼이 그 호칭을 받아들였다. 접대가 아니라 우정이라 여기면 좀 더 마음이 놓였다.

무주가 바라지 않았지만 그들은 자주 선물을 건넸다. 몇 달치 월급을 모아야 살 수 있는 시계

나 아내가 좋아할 만한 브랜드의 가방, 주유 상품
권과 백화점 상품권 등.

꺼림칙했다. 차비가 든 봉투를 받지 않으려고
여러 차례 길거리에서 실랑이를 벌였다. 봉투를
건넨 거래처 직원의 차 안에 다시 그 봉투를 던져
넣기도 했다. 그럴수록 상대가 애를 썼다. 돈 봉
투를 주고받는다는 위화감과 수치심을 줄이려고
여러 방도를 강구했다. 과자나 케이크 상자, 꽃바
구니, 건강음료 상자가 이용되었다. 정말 고마워
서 그럽니다. 비굴하게 허리를 숙여 인사하기도
했다. 살아오는 동안 그런 말을 자주 해온 것처럼
굴었다.

차츰 당연한 것으로 여기게 되었다. 피차 번거
롭지 않게 주는 대로 정중히 받거나 선물을 준비
한 상대가 민망하지 않게 적당히 거절하다 받아
둔 것이 제법 되었다. 받은 선물을 두고 과장과
품평을 나누기도 했다. '성의'가 들어간 선물과 아
닌 것을 구별했다. 성의 없는 선물이다 여겨지면
무시당하는 기분이 들었다. 처음에는 선물을 준
사람의 물건 보는 안목을 의심했다. 차차 그 사람

의 세상 사는 안목을 의심하게 되었다. 이렇게 세상 물정을 몰라서 어떡하려고 그래. 당당하게 충고하기도 했다. 조금 우쭐했다. 보잘것없는 일로 상사에게 깨지고 의사에게 무시당하기 일쑤인 동기들과 달리 무주에게는 부하 직원처럼 굽실거리는 업체 직원과 살뜰히 챙겨주는 과장이 있었다.

아내의 의심을 사면 관행에 대해 납득할 수 있게 설명해주어야 하므로, 그러기는 불가능했으므로, 선물 중 일부는 집으로 가져가지 않고 회사 책상 서랍에 그대로 넣어두었다. 그게 나중에 감사팀에 손쉽게 증거를 내주는 빌미가 되었다.

문제가 불거지자 평소 무주의 안하무인을 못마땅하게 여기던 동료들이 목격담을 쏟아냈다. 무주는 기꺼이 받아들였다. 변명의 여지가 있었으나 침묵했다. 그러고 보면 관행은 운에 좌우되는 게임이나 마찬가지였다. 걸리지 않으면 행운이 쏟아지지만 일단 걸리면 모든 걸 내놓아야 했다. 무주는 비난을 받는 중에도 의리를 지켰다. 무슨 말을 하든 조금도 달라지지 않으리라 생각해서였다. 과장을 걸고넘어지는 대신 해고를 받아들였다. 과장의 말대로, 그럴 수 있다면, 후일을 도모하는 게 나았다.

"잠깐만 가 있어. 잠잠해지면 다시 부를게."

과장은 선도병원을 소개했다. 무주는 며칠 후 서울을 떠나 이인시로 갔다. 동료들의 차가운 시선 속에 얼마 안 되는 서랍 속 짐을 홀로 챙기며 무주는 확실히 깨달았다. 다시 부르겠다는 과장의 말이 실현될 가능성은 전혀 없었다.

말하자면 무주는 대가를 치렀다. 잘못을 저지른 당사자로서 해야 할 일을 했다. 직장과 동료를 잃었다. 평생 살아온 익숙한 도시를 떠났다. 인구수 9만의 소도시로, 승격된 지 얼마 안 된 종합병원으로 내몰렸다.

이석 역시 대가를 치러야 했다. 이석은 부당한 피해를 당한 게 아니었다. 무주의 악의로 괜한 모함을 받는 것도 아니었다. 무주는 명백히 그것을 아는데 동료들은 몰랐다. 어쩌면 이석도 모를 수 있었다. 제 잘못이라 여기지 않고 무주를 원망하고 있을지도 몰랐다.

그런 생각이 들자 이석에게 미안한 마음이 완

전히 사라졌다. 이석을 대신해 비난받는 상황을 참기 싫었다. 이럴 바에야 이석의 비리를 모두 공개하는 게 낫겠다 싶어졌다. 직원들도 뜬소문이 아니라 정확한 사실을 알 필요가 있지 않은가.

어느 날 무주는 툭하면 은혜도 모른다고 비아냥대는 김에게 자신이 알고 있는 사실을 조금 말했다. 이석이 부풀린 몇 가지 사례를 말해주며 괜한 모함이 아님을 알려주었다. 무주가 사실을 말해주어도 김의 태도는 바뀌지 않았다. 무주를 조롱하고 경멸하는 눈빛을 숨기지 않았다.

무주는 모두에게 이석의 비리를 공개하기로 마음먹었다. 해고 당시 비열하다거나 장사꾼이라며 뒷말을 하던 사람들조차 이석을 무고하다 생각하는 건 부당했다. 가지고 있는 자료를 공개하면, 홈페이지에 올렸던 자료를 사내 인트라넷에 올리면 모두들 무주에게 수긍할 것이다.

무주가 그 일을 실천하기도 전에 나쁜 소식이 들려왔다. 이석의 아이가 숨을 거뒀다는 얘기였다.

아침 출근길에 김이 호외를 전하듯 그 소식을

알렸다. 김은 자리에 앉아 있는 직원들을 향해, 누구에게랄 것 없이 그 소식을 전한 다음 비통한 표정으로 무주를 쳐다봤다. 마치 무주가 아이의 죽음을 바라기라도 한 것처럼. 무주는 김의 시선을 피했다. 초음파를 통해 본 아이가 떠올랐다. 한 번이라도 그 모습을 본 적 있는 사람이라면 앞으로 자신의 인생에 아이의 가느다란 숨이 없으리라고는 결코 상상하지 못할 것이다. 이석 역시 마찬가지일 터였다.

직원들은 김을 중심으로 모여 이석 얘기를 나눴다. 이석이 감당할 수 없었을 병원비와 진작 팔아치운 주택에 대해서, 은행에서 빌린 돈과 다달이 갚아나가던 이자에 대해서. 그리하여 어느 순간 아이를 감당하기 힘들어진 이석에 대해서, 여전히 박동하는 아이의 심장을 멈추는 일에 고통스럽게 동의했을 이석에 대해 얘기했다. 동정을 살수록 이석이 저지른 비리는 대수롭지 않게 여겨졌다. 아이가 죽었다고 해서 이석의 비리가 없어지는 게 아닌데도 그랬다.

그 후로 김은 걸핏하면 무주를 더 몰아세웠다.

말도 안 되는 야비한 비난이었지만 김은 개의치 않고 계속했다.

"혁신위원회에 발탁되니까 뭐라도 된 줄 알았나 봅니다. 멀쩡한 사람 쫓아내는 게 혁신이군."

이 일이 있기 전 무주는 김을 온건하고 그다지 열정적이지 않은 사람으로 생각해왔다. 김은 바둑을 좋아했고 내기 바둑을 두다가 한두 집 차이로 질 때에만 목소리가 조금 커졌다. 그러나 무주에게만큼은 그간 병원에서 누구에게도 보인 적 없는 모습을 자주 보였다. 목소리 높여 아무 말이나 해댔고 때로는 손가락을 움직여 이리 오라거나 저리 가라고 지시했다. 김이 일단 말을 시작하면 무주는 내내 거북한 태도로 서서 얘기를 들어야 했다.

몇 번인가 그렇게 했던 사정을 설명하고자 했다. 곧 포기했다. 누구에게도 정확히 말할 자신이 없었다. 아이의 가느다란 숨 때문이라고 말하지 못했다. 정의감과 성실하려는 신념 때문에 그렇게 했다고 말하기도 부끄러웠다. 누구도 믿어주지 않을 것 같았다. 스스로도 믿기 어려웠다. 태

어날 아이를 위해 옳은 일만 하려 들었다는 얘기
는 얼마나 미덥지 못한가. 최선을 다해 바르고자
했고, 가급적 이석에게 피해를 주지 않으려던 무
주의 노력은 변명의 여지없이 공명심에 눈먼 비
열한 행동으로 비칠 것이다.

하지만 터무니없이 몰아붙이는 김에게 지친 나
머지 무주는 충동적으로 사무장이 지시한 일이라
고 말해버렸다. 말하자마자 후회했다. 핑계를 대
는 기분이었다.

"사무장이오? 뭐라고 하면서 시키던가요?"

사무장의 말과 행동을 정확히 기억하기 쉽지
않았다. 거짓말이 아니니 꾸며낼 수도 없었다. 무
주는 제대로 답하지 못했다. 김은 이해해주는 게
아니라 이마를 찌푸렸다. 더욱 냉랭한 태도를 취
했다.

말이 퍼졌는지 그날 오후 권이 무주를 휴게실
로 불러냈다.

"뭐하러 쓸데없는 말을 했어요?"

걱정하는 투였다. 이 일로 직원들이 권에게도
비슷한 질문을 퍼붓는다고 했다.

"그렇게 지시받은 게 맞잖아요?"

무주가 확인하듯 반문했다. 권이 한숨을 내쉬었다.

"구체적인 지시사항은 아니었죠. 알아서 해보라는 걸 그렇게 해석한 거죠."

곤경에 빠진 기분이었다. 눈동자가 흔들리지 않고 표정이 변하지도 않으며 곤혹스러워하는 기색도 없이 권이 대답했다.

"뭐하러 회계감사를 지시하겠어요. 생각해봐요. 우리한테 왜 그런 권한을 주겠어요?"

무주도 당연히 그렇게 생각했다. 신중하게 굴고자 사무장의 의도를 헤아리며 숙고했다. 숙고가 언제나 좋은 결과를 가져오지는 않았는데, 이번이 특히 그랬다.

"이석 선배하고 무슨 일 있었어요?"

무주가 한숨을 내쉬었다. 권이 미안해하며 덧붙였다.

"눈치껏 알 줄 알았어요."

진심 같았다. 권은 무주를 걱정했다. 미안해하는 걸 보니 그녀도 이 일이 끝이 아니라 시작이라고 여기는 모양이었다.

　권 역시 사무장의 불분명한 지시를 테스트로 받아들였다. 무주처럼 사무장이 짐작하는 걸 알아내라는 테스트가 아니라, 무주와 경쟁을 해보라는 식으로 말이다. 그래서 신참이라 병원 사정에 어두운 무주에게, 요양시설 신축에 초점을 둔 사무장의 의중을 파악하지 못한 무주에게 제대로 설명해주지 않았다. 자신이 돋보일 기회이므로 굳이 힌트를 줄 필요가 없다고 여겼다.

　무주는 권과 헤어진 후 사무장을 만났을 때의 정황을 계속 떠올려봤다. 만족스럽게 재구성되지 않았다. 자신이 넘겨짚었다고 결론지어야 했다. 사무장이 회계를 들먹인 것은, 비리와 불법 운운한 것은 그저 예에 불과할 수도 있었다. 내내 퀴즈를 풀어야 하는 기분이었는데 알고 보니 어떤 문제도 주어지지 않은 셈이었다.

　장부를 보자마자 무주는 익숙한 기분을 느꼈다. 사람들은 다 똑같다는 목소리가 들려왔다. 과거로부터 온 목소리였다. 무주는 그 소리에 세심하게 귀를 기울였고, 모든 사람이 자신과 같은 잘못을 저지르리라 쉽게 단정했다. 짐작이 맞았을 때는 자못 통쾌했다. 거의 모든 구매 건에서 리베이트를 찾아내어 몹시 흥분했다. 잘못된 것을 적시하고 싶어 안달이 났다. 자신만 비리를 저지른 게 아니라는 안도감을 느꼈다.

이석이 저지른 일을 문서로 일목요연하게 정리할 때는 미안했지만 기회를 주는 마음도 들었다. 해고를 통해 자신이 나아졌듯이 이석도 그러리라 여겼다. 무주는 자신이 특별히 나쁜 게 아님을 증명하고 싶어서 다른 사람의 결점을 지적하는 쪽을 택했다.

이번 기회에 뭔가 보여주고 싶은 마음도 있었다. 자신이 무능해서 이런 시골까지 흘러온 게 아님을. 특히 아내에게 알려주고 싶었다. 이유를 제대로 설명하지 않은 급작스러운 이직을 묵묵히 참아준 아내에게 더는 실망하지 않아도 된다고 안심시키고 싶었다. 혁신위원회에 발탁된 일과 장부에서 찾아낸 비리를 자랑삼아 얘기해주었을 때 아내가 한 말을 무주는 여태 기억했다. 격려하려는 뜻이겠지만 아내가 '대단하다'고 말해주어 조금 우쭐했다.

김은 틈만 나면 이석 얘기를 꺼냈다.

"그 집 아이 알죠? 자그마치 3년이야. 틈만 나면 밖에서 놀고 축구만 하던 아이가 3년째 꼼짝 않고 기계에 매달려 누워 있단 말입니다. 어떻게든 살려내려고 이석이 그간 얼마나 애썼는지 알아요? 그 사람 입고 다니는 옷 봤어요? 하도 사람 꼴이 아니어서 작년 가을에 내가 시장에서 사준 겁니다. 돈 몇 푼 챙겼을 수도 있죠. 그거 몇 푼 챙길 때 그 사람 마음이 어땠겠어요? 그게 사람 마음이었겠어요? 어떻게 사람이 돼서 그런 것도 몰라요?"

이석의 아이가 숨을 거뒀다는 소식을 들은 후로 무주는 아내를 제대로 쳐다보지 못했다. 아내가 아니라 배 속 아이가 자신을 빤히 바라보는 것 같아서였다. 아이를 떠올리면 세상의 어떤 아비도 돈이 없다는 이유로 자식의 숨을 거둬들이지 않으리라는 생각부터 들었다.

"무주 씨 아내도 임신했잖아. 병원에 올 때마다 자리 비우고 산부인과 가죠? 진료 끝날 때까지 기다리죠? 그거 근무 태만이조. 선택 진료인데 원무과에서 일반 진료로 처리했죠? 직원이기 때문에 예약에 편의를 봐줬죠? 그것도 비리입니다. 자기 아이는 끔찍하면서 남의 아이는 신경도 안 쓰입니까?"

"신경 쓰입니다."

허구한 날 김의 얘기를 듣다 지친 무주가 불쑥 대꾸했다. 김이 움찔했다.

"고작 몇 푼 챙긴 게 아닙니다. 전에도 말했지만 몇 년간 꾸준히 챙겼어요. 한 푼도 쓰지 않고 모았다면 서울 외곽에 작은 평수의 아파트를 마련할 수 있는 돈이었다고요."

"그래서 그 아파트는 지금 어디 있나요?"

"조심합시다."

무주가 큰 소리로 말했다. 자리에 앉아 있던 직원들이 일제히 고개를 빼들고 무주를 쳐다봤다.

"뭘요? 뭘 조심합니까?"

켕기는 얼굴로 곧바로 김이 되물었다. 무주는 김이 조금 순해졌다가, 무주의 눈치를 살피다가, 잠자코 있는 무주를 보고 언뜻 안도감도 내비쳤

다가 다시 의기양양해지는 것을 죄다 지켜보았
다.

조심하라니. 스스로 생각해도 기괴한 말이었
다. 하지만 무주는 자신이 왜 그 말을 했는지 잘
알았다. 본래 동상 든 손은 눈 속에 파묻어야 다
시 피가 돈다고 하지 않는가. 무주는 수모를 감수
하느니 모든 일을 아는 듯 굴기로 했다.

"제가 입을 열면 많이 다칠 겁니다."

"이번엔 누가 다쳐요?"

앞자리의 송이 피식 웃으며 물었다. 무주를 언
제나 '양수 씨'라 부르며 한 번도 동료 취급해준
적 없는 사람. 송을 똑바로 보며 무주가 싸늘하게
말했다.

"조심해요."

송은 어이없이 웃으면서도 무주에게서 금세 눈
을 돌렸다.

사무실이 일순 조용해졌다. 송은 일에 몰두하
는 척했다. 무주는 이제 누군가를 직접 비방하지
않고도 기분을 상하게 하는 방법을 알게 되었다.

김은 무주를 더는 불러 세우지 않았다. 반말로

닦달하는 일도 관뒀다. 무주에게 다가와 이석과 무슨 일이 있었는지 떠보는 사람도 사라졌다. 간혹 무주에게 다가와 입을 열면 도대체 누가 다치느냐고 목소리를 낮춰 묻는 사람이 생기기는 했다. 무주는 결코 대답하지 않았다. 당연했다. 아는 게 없어서였다.

자존심은 지켰지만 외로워졌다. 동료들이 노골적으로 무주를 피했다. 그럴수록 무주는 자주 중얼거렸다.

조심해요.

그 후에 일어난 일은 모두 좋지 않은 것뿐이었다.

아내가 유산을 했다. 의사는 최근 들어 아이와 산모의 상태가 불안정하다고 자주 경고했다. 아내는 그 얘기를 무주에게 하지 못했다. 무주는 이석의 일로 압박감을 느끼고 있었고 집에 돌아가서도 숨기지 않았다. 집에 가면 오히려 더 생각났다. 연약한 아이를 보호하려고 매사 조심하는 아내를 보면, 언제나 한 손을 배에 대고 있는 아내를 보면 기쁘고 안심되기보다 이석의 죽은 아이가 떠올랐다. 죄책감이 들어 아내를 피했다.

아내는 무주를 이해하려 했다. 무주로부터 어떤 얘기도 듣지 못했지만 막연히 하던 일이 틀어졌으리라 짐작했다. 정기 진료를 받으러 병원에 왔다가 간호사나 의사에게 혹은 부주의한 직원에게서 무주에 대해 무슨 말인가 들었을 수도 있었다. 병원에서 만난 무주의 표정이 심상치 않다 느꼈을지도 몰랐다. 무슨 일이 있느냐고 물었다 해도 무주는 멍하니 쳐다볼 뿐 확실하게 답하지 못했을 것이다.

다행히 아내는 채근하지 않았다. 기분이 변덕스러워진 무주에게 화를 내지도 않았다. 아내는 기다려줬다. 무엇이든 무주가 먼저 말해주기를. 무심했던 게 아니었다. 기회를 주었다. 다정하게 격려하고 말없이 자주 손을 잡아준 걸 보면 확실히 그랬다. 그럴수록 무주는 자신이 없어졌다. 헛된 공명심과 정의감에 사로잡혀 벌인 일을 아내에게 말하기 두려웠다. 이석의 아이가 죽었다는 얘기는 더더욱 할 수 없었다. 정확히 말하면 아내에게도 비난받을까봐 두려웠다. 아내의 상심을 감당할 자신이 없었다. 무주가 가장 잘 보이고 싶은 건 아내였는데, 늘 뜻대로 되지 않았다.

날마다 술을 마셨다. 취해서 돌아가면 아내는 잠들어 있었고 무주도 그 옆에 웅크리고 누웠다. 곧 잠이 들었다가 새벽이면 갈증이 나서 깼다. 어두운 천장을 응시하며 종종 뒤척였다. 아내는 침대 가장자리 쪽으로 몸을 붙이고 꼼짝도 안 했다. 한동안 이런 밤을 견뎌야 했다. 뒤척이며 그동안 잘못한 일을 생각하는 밤 말이다.

근무 중일 때 아내에게 종종 전화가 걸려왔다. 아내는 뭔가 할 말이 있는 투로 "여보" 하고 부르고는 머뭇거렸다. 무주는 잘 받아주지 않았다. 사무실에 있으면 자신을 옥죄는 기분이 들었다. 냉랭해진 동료들이 매사 자신을 주목하는 것 같았다. 아내에게 다정한 말을 해줄 기분이 아니었다.

아내는 점차 말을 잃었다. 함께 있으면 무주의 기분을 살피고 눈치를 봤다. 음주 여부로 무주의 상태나 기분을 가늠하려 했다. 시간이 지나면 나아지리라고 막연히 위안을 삼았다. 어떤 사람들끼리는 매사 말하지 않아도 서로를 이해하는 법이니까. 자신과 아내도 그러리라 여겼다.

아내는 자주 서울로 갔다. 초기에는 이인시에 적응하려 애쓰느라 부러 가지 않았지만, 유산한 후에는 허약해진 몸을 돌보러 친정으로 갔다. 처음에는 알려준 날짜에 돌아왔으나 나중에는 여러 차례 귀가일을 번복했다. 오기로 한 날에 예고 없이 돌아오지 않을 때도 있었다. 그런 일이 반복되다 보니 아무 소식이 없으면 어련히 친정에서 돌아오지 않는 것이려니 여기게 됐다.

아내와 함께 있으면 미안해졌지만, 홀로 있으면 막막해졌다. 태어나지 않았으나 완벽하게 아내와 무주 사이에 존재하던 아이가, 아이의 느린 심장 박동과 꾸물거리던 움직임이 떠올랐다.

아이는 아내를 닮아 눈썹이 짙고 쌍꺼풀 없는 눈으로 순하게 자주 웃으며 자랐을 것이다. 뛰어놀다가 이마를 다쳐 아내를 걱정시키지만 그럼에도 통통한 두 다리로 뛰는 일을 멈추지 않을 것이다. 몇 해 지나면 아이는 드디어 정글짐에도 오를 것이다. 과감하게 단을 오르다 몇 번쯤 미끄러져 넘어지기도 할 것이다. 그렇게 함으로써 안전한

세계와 불리한 세계를 조금씩 가릴 줄 알게 될 것
이다. 서서히 머리가 야물어지면 무주의 생각과
전혀 다른 판단도 할 것이다. 그 판단이 일견 타
당해서 무주를 깜짝 놀라게 할 것이다. 좀 더 자
라면 아이는 점차 소원해지고 서먹해지는 무주와
아내를 함께 식사 자리에 앉히고 웃기려 애쓸 것
이다. 웃을 일 없어진 무주와 아내는 아이로 인해
마주 보고 웃음 짓고 같이 나이를 먹고 늙어갈 것
이다. 제 몸에서 기인했지만 자신과 별개의 존재
가 될 아이는 무주와 아내에게 삶이란 얼마나 살
아볼 가치가 있는지 일깨울 것이다. 말하자면 아
이는 무주와 아내의 세상을 완전히 바꾸어놓았을
것이다.

무주는 그 모든 가능성을 지닌 아이를 잃었다.
질서와 명분을 잃었다. 선하고 바르려는 의지를
잃었다. 이석도 아이를 잃었다. 삶을 다 바쳐 살
리려던 아이를 잃었다. 그런 생각을 하노라면 병
원은 차라리 거대한 장례식장이었다. 가족을 잃
게 되리라는 소식을 듣는 곳이었다. 사무장 말이
맞았다. 병원에서는 누군가 죽기 마련이었다.

아내가 예고 없이 돌아오지 않은 날, 자정까지 기다리며 어두운 집에 홀로 있던 무주는 임신 축하 선물로 받은 아기 용품을 정리했다. 무주의 손바닥보다 작은 신발과 방석보다 조금 큰 이불을 쓰레기봉투에 넣었다. 플라스틱 아기 변기도 버렸다. 그 선물을 받았을 때 아내는 성급하다면서도 자주 들여다보며 흐뭇해했다. 무주는 자그마한 물건을, 주인을 만나보지도 못하고 쓸모없어진 물건을, 가운데가 텅 비어 있는 물건을 한참 바라보았다. 아기가 엉덩이를 걸치고 앉아 배변하려고 힘을 쓰는 모습을 바라보는 환영에 사로잡혔다. 얼굴을 찡그리고 미간이 좁혀지고 몸에서 무엇이든 빼내려고 안간힘을 쓰는 모습. 그러고 나니 맨 정신으로 잠들기 힘들었다. 껙껙 소리 내어 볼품없이 울었다.

울다 지쳐 잠들자 꿈에 이석이 찾아왔다. 꿈속에서 이석 역시 울고 있었다. 슬프기보다 억울해 보였다. 그게 무주를 힘들게 했다. 또 다른 꿈에서는 제대로 걷지 못하는 아이가 이석과 함께 찾아왔다. 아이는 온몸이 뻣뻣하게 굳은 채 무주를 향해 로봇처럼 무릎을 쭉 펴고 걸어왔다. 무주는 울면서 제발 찾아오지 말라고 사정했다.

무엇을 위해 이석을 고발할 작정을 한 건지, 어떤 공명심과 정의감에 홀린 건지 의아해졌다. 무주는 환상과 무지의 장막 아래에서 싸구려 도덕심에 고취되어 있었다. 비밀을 알고 있다고 느낄 때에는 비리를 저지르고 묵인한 사람이 이 세상의 타락과 부패를 주도했다고 믿었다. 이제는 아니었다. 그들이 옳았다. 바리새인이 된 기분이었다. 바리새인의 잘못은 예수의 손에 못을 박아 넣은 게 아니었다. 예수를 죽임으로써 자기 힘으로 덕 높고 훌륭한 인간이 되려 했다는 점에 있었다.

얼마간 시간이 지나자 병원에서는 아무도 무주에게 말을 걸지 않았다. 비아냥거리지도 않았다. 아는 게 뭐냐고, 뭘 더 터뜨릴 거냐고 순전히 호기심에 묻는 사람들도 없어졌다. 해야 할 일을 했다고 새삼스럽게 옹호하는 사람도 없었다. 아예 없는 사람 취급을 했다. 이성을 가지고 조금만 생각하면 자신이 이석의 비리를 까발려서가 아님을 알 수 있었다. 매사 화를 내고 비난을 퍼붓고 뭐든 폭로하겠다고 날을 세우고 있기 때문이었다.
물론 당시에는 그런 판단도 하지 못했다.

몸무게가 줄고 옷매무새가 흐트러졌다. 행색이
말이 아니었다. 동료들은 동정심을 보이지 않았
다. 무주를 보면 더럽고 냄새나는 것을 보았을 때
처럼 인상을 찌푸렸다. 술 냄새가 난다거나 군내
가 난다고 노골적으로 얘기했다. 업무 실수가 잦
아졌고 실수를 할 때마다 낱낱이 포착되었고 지
적당했다. 어떤 것은 타당했지만 많은 것이 부당
했다. 실수가 없을 때도 트집을 잡혔다. 넥타이를
매지 않았다거나 구두 뒤축을 제대로 돌보지 않
았다는 이유로.

김은 무엇이건 촉박하게 업무 지시를 내렸다.
불합리할 정도로 많은 양이었다. 성취를 얻거나
성과가 드러나는 일이 아니었다. 이미 누군가 처
리한 업무를 문서로 다시 정리하거나 오래전 문
서를 디지털 파일로 만드는 단순한 작업이었다.

"내일 아침까지, 알겠지요?"

그게 김이 무주에게 지시하며 하는 말의 전부
였다. 무주는 매번 따져 묻고 항의했다. 김은 개

의치 않았다.

"역시 시원찮군. 제대로 하는 게 없어."

무주의 업무를 평가할 때면 늘 그렇게 말했다.

관리부 직원을 대상으로 한 인사평가에서 무주는 최하점을 받았다. 시간을 통보받지 못해 의사결정이 필요한 회의에 늘 불참하는 모양새가 되었다. 형식적으로 참여할 경우 마지못해 의견을 내면 누구도 동의해주지 않았다. 공지사항이 제대로 전달되지 않았고 근무 중의 사소한 잡담에 동참하지 못했다. 무주가 휴게실에 들어서면 순간적으로 어색한 침묵이 흐르고 분위기가 달라졌다.

친정에서 아예 돌아오지 않을까봐 두려웠던 아내가 돌아온 것이 유일하게 기쁜 일이었다. 아내의 표정은 많이 달라져 있었다. 입을 하도 앙다물어서 볼이 더 처져 보였다. 그러나 다시 돌아와준 너그러움에 기대 무주는 무슨 이야기이든 시작하고 싶어졌다. 그렇게 하지 못했다. 간단치 않은 고백이 될 것 같았다. 자신이 왜 그랬는지 설명하는 게 무척 막연하게 느껴졌다.

아내에게 아이 얘기는 아예 꺼낼 수 없었다. 아

이 얘기를 못하면 무주가 하려는 말은 필시 왜곡될 것이었다. 지시를 따랐다고 변명하기 싫었다. 선택의 여지가 없었고, 다른 생각을 하는 게 불가능했지만 모두 상사의 탓은 아니었다.

그렇다고 순전히 자신의 의지와 선택이라고 말하기는 더더욱 힘들었다. 실패를 고백하는 건 쉬웠지만 실망을 견디는 건 내키지 않았다. 스스로의 비열함과 미천함을 간파하는 건 무주 자신으로 충분했다. 이제껏 그래왔듯이 침묵하며 견디는 게, 시간이 나아지게 해주리라 기대하는 게 그럴싸해 보였다.

아내는 자주 무주를 묵묵히 바라보았는데, 무슨 말인가 건네기를 원하지는 않는 것 같았다. 그래서인지 다 알고 있는 것처럼 보이기도 했다. 무주와 눈이 마주치면 그래도 웃어주려 했다. 무주도 아내를 보고 웃었다. 그럴 때면 딱히 말을 나누지 않았지만 무엇인가 나눈 느낌이었다. 아내가 다정한 연민을 느낀다는 걸 침묵 속에서도 알수 있었다.

그게 아니었다. 무주의 착각이었다. 어느 날 무

주는 밥을 먹으며 무심코 젓가락을 내려다보다가 기이한 불쾌감에 사로잡혔다. 아이 때문에 젓가락질을 바꿔보려던 게 떠올랐다. 그는 화들짝 놀라 젓가락을 내려놓고 숟가락으로 밥을 퍼먹었다. 시금치나물이나 무생채도 숟가락으로 펐다. 생선도 숟가락으로 발라 먹었다. 아내가 눈에 띄게 인상을 썼다.

무주는 기다렸다. 아내가 그렇게 하지 말라고 말해주기를. 그렇다면 그만둘 작정이었다. 아내는 인상을 펴지 않았지만 싫다는 말도 하지 않았다. 오래전 젓가락질을 못한다고 머리통을 때리는 아버지에게 반기를 들며 무주가 굶기를 선택한 것처럼, 아내는 무주와 함께 먹기를 관두고 조용히 수저를 내려놓았다.

5. 고등어 떼

원무 과장인 박은 5분만 같이 있으면 비위에
거슬리는 타입이었다. 무척 게을렀는데 목청을
높이거나 말을 많이 하는 것으로 활동적인 체했
다. 언제나 큰 소리로 업무를 지시했고 경과를 물
었고 여기저기 다니면서 맡은 업무를 과장하고
고충을 늘어놓았다. 실제로는 별로 일을 하지 않
지만 일하는 듯한 모습을 보여주는 것으로 충분
하다고 여겼다.

여직원이나 여자 의료진 사이에서 특히 악명
이 높았다. 손버릇이 고약하고 말버릇이 나빴다.
툭하면 어깨에 손을 올려놓았고 악수를 한답시고

손을 잡았고 노골적으로 가슴께를 힐끔거렸다. 회식 후에는 노래방에 가자고 우겨 여직원과 신체를 밀착하고 춤을 추려 했다. 다른 사람의 외모를 비하하는 농담을 자주 했고 간혹 위아래로 훑어보며 입맛을 다시는 모습을 들키기도 했다.

피하는 게 상책이라 여기던 여직원들도 얼마 전에는 참지 않고 공개 사과를 요구했다. 박이 복도에서 한 여직원의 엉덩이를 슬쩍 쓰다듬은 게 문제였다. 박은 처음에 발뺌했다. 팔을 흔들며 걷다가 우연히 스친 거라는 뻔한 변명을 늘어놓았다. 여직원들이 지역 신문에 제보하겠다고 하자 마지못해 형식적으로 사과했다. 사무장도 단단히 주의를 주었다. 여직원을 위해서는 아니었다. 그런 일로 입방아에 오르내리는 게 병원에 좋을 리 없어서였다.

원무과로 발령이 날 즈음 무주는 어쩌다 동료들과 마주치면 우물거리며 판에 박힌 인사를 건넬 정도는 되었다. 불가피하게 한자리에 있게 되면 공연히 다른 곳으로 시선을 돌리기는 해도 어렵지 않게 날씨가 어떻다느니 하는 정도의 말도 나눴다. 그래도 인사이동이 반가웠다. 악랄하게 구는 김보다 한심한 박을 상사로 두는 게 낫다 싶었다.

책상에 짐을 풀고 있는 무주에게 박이 다가왔다. 박은 할 수 없이 무주를 받았다고 말문을 텄다. 그간 업무량이 과중한 부서답게 매번 충원을 요구했는데 받아들여지지 않았다는 것이다.

"우리 과는 언제나 할 일이 산더미지만 무주 씨는 그 많은 일 중에서 딱 하나만 하면 돼. 산더미 같이 쌓인 일은 나머지 사람들이 나눠서 할 테니까 말이야."

박이 느물스럽게 웃으며 말을 이었다.

"밤에는 주로 뭐 하나?"

무주는 대꾸 없이 파일과 수첩 따위를 손에 잡히는 대로 책장에 꽂았다.

"밤일은 안 하나?"

무슨 얘기를 하려는 건가 싶어 무주는 손을 멈추고 박을 빤히 쳐다보았다.

"이 사람 왜 이상한 상상을 하고 그래? 건설적인 사람들은 원래 밤에 일을 하잖아. 남들 잘 때

같이 자면 똑같이 별 볼 일 없어지는 거지. 자네
도 그럴 거 같은데?"

박이 "안 그래?" 하며 건너편 여직원에게 물었
다. 여직원이 일어서서 사무실을 나가버렸다. 흰
소리려니 했는데, 박이 여직원을 향해 코웃음을
치고는 무주에게 야간 근무를 전담하라 일렀다.

"매일이오?"

무주가 황당해서 반문했지만 박은 "밤에 재미
좀 보라고" 하고는 자리로 돌아갔다.

원무과의 야간 근무는 본래 3교대로 운영하다
가 최근 2교대로 바꾸었다. 순번제 근무를 하는
것은 당연히 그럴 만해서였다. 업무 강도가 높아
한 사람이 할 수 없는 일이었다.

"따지고 보면 그냥 낮밤만 바뀌는 거지, 일도
적고 단순하고. 무엇보다 껄끄러운 사람하고 마
주칠 일이 없으니 얼마나 좋아."

박이 큰 소리로 말했다. 숫제 무주를 배려해준
다는 투였다.

"힘들면 안 해도 돼. 억지로 시킬 수야 있나. 잘
고민해봐. 어쩌면 기회일지도 모르잖아."

직원들이 키득거렸다. 사실상 그들은 잠자코 있었지만 무주에게는 비웃는 것처럼 보였다.

"뭐가 기회라는 겁니까."

"기회가 꼭 좋으리란 법 있나. 원래 사표는 자발적으로 못 쓰는 거야. 등 떠밀려야 겨우 각오를 다잡고 용기 내서 쓰는 거지."

그제야 무주는 이번 인사이동의 목적을 이해했다. 눈엣가시 같은 무주가 격무에 시달리다 견디지 못해 퇴사해주기를 바라는 것 같았다. 정당한 이유 없이 해고하면 무주가 무슨 일인가 저지르겠거니 염려해서 고안한 방안일 것이다.

"알겠습니다."

무주는 짤막하게 대답하고 자리에 앉았다. 박이 어이없어 하며 "하겠다는 거야, 말겠다는 거야?" 하고 크게 혼잣말을 했다. 무주가 짐을 꾸리는 기색을 보이지 않자 기회를 날려버렸다며 아쉬워했다.

이번에도 무주는 아내에게 사정을 설명하지 않고 바뀐 근무 시간만 알려줬다. 아내 역시 이유를 묻지 않았다. 싫어하거나 걱정하는 기색은 아니었다. 오히려 홀가분해 보였다. 낮에는 퇴근한 무주가 잠을 자야 할 테니 자신은 일을 좀더 찾아볼 예정이라고 했다. 출판사에서 편집자로 오랫동안 일해온 아내는 간간이 외주를 받아 왔다. 일을 더 찾아본다는 말이 무색할 정도로 근래 들어 외주량을 부쩍 늘린 눈치였다. 책상이 있는 방에는 항상 교정 중인 원고가 쌓여 있었다.

다음 날부터 야간 근무가 시작되었다. 얼마간 일해보니 저녁 무렵은 비교적 괜찮았다. 외래가 끝나고 응급 환자도 거의 없는 시간이어서 오히려 한가한 정도였다. 보안 요원인 효와 한담을 나누거나 순찰 삼아 산책을 할 수도 있었다.

효는 야간 보안 담당자였다. 병원에 보안 요원이 왜 필요한가 싶지만 며칠만 야간에 병원이 돌아가는 걸 보면 당장 그 이유를 알 수 있었다. 심야에는 다양한 이유로 응급 환자가 실려 왔다. 취객인 경우가 많았다. 그들은 일단 아무에게나 시비를 걸고 멱살을 잡으려고 덤볐다. 창구에 앉아 있는 원무과 직원에게 그럴 때가 가장 많았지만 응급실의 의사나 간호사들에게 시비를 걸 때도 있었다. 그때 보안 요원이 나섰다. 치료를 받고 병원비를 안 내고 내빼는 환자를 잡을 때도, 보호자의 난동이나 생떼를 참아야 할 때도 효가 해결해줬다.

오랫동안 짓궂은 사람을 상대해온 사람답게 효는 웬만한 일에는 놀라지 않았고 감정을 잘 드러내지도 않았다. 언젠가 영 못마땅한 취객을 CCTV 사각지대로 데리고 가 얼굴을 가격한 적 있다고 털어놓으며 조금 쑥스러운 표정을 지은 게 다였다.

효의 말에 의하면 조선소가 가동을 멈추면서 취객으로 소동을 겪는 일이 이전과 비교할 수 없을 만큼 늘었다고 했다. 일시에 해고된 노동자 중 일부는 도시를 떠났지만 그렇지 않은 노동자들은 그대로 빈민으로 남아 하루하루 술에 의지했다. 실제로 이인시에서 호황을 누리는 것은 알코올 의존증 치료센터뿐이라는 얘기가 돌 정도였다. 취객들이 야간의 응급실을 먹여 살린다는 얘기도 있었지만 그건 확실히 과장되었다. 취객에게는 결코 응급실 침대를 내주지 않았다. 치료비를 낼 처지가 아님을 잘 아는 탓이었다. 취객들은 난동을 부리다가 효에게 제압당해 기껏해야 병원 복도의 나무 의자나 어두운 구석에 몸을 웅크리고 쪽잠을 자다 날이 밝으면 내쫓기기 일쑤였다.

마땅히 당장 병원 밖으로 내보내야 했지만 효는 그렇게까지는 하지 않았다. 그들 대부분이 한때는 세계적 규모의 독dock에서 배를 건조하던 노동자라는 걸 알기 때문이었다.

"축구장 네 배 크기라고 했어요. 25만 톤급 선박 네 척을 한 번에 건조할 수 있었다는 거예요."

이 도시 사람이라면 누구나 거대한 선박이 건조되는 것을 지켜보았을 것이다. 효의 아버지도 그곳에서 일했다.

"하루는 아버지가 고등어 몇 마리를 신문지에 둘둘 감아 왔어요. 비리다고 특히 고등어는 드시지도 않던 양반이요. 체면 차린다고 평생 그런 걸 들고 다니지도 않던 분이었죠. 이상하기도 하고 웃기기도 해서 어머니가 물었더니, 그게 독에 들어온 고등어라는 거예요."

"독에 고등어가요?"

"네."

그 장면을 상상하듯 효가 작게 미소 지었다. 효는 몸통이 두껍고 키가 무척 컸다. 틈날 때마다 피트니스센터에서 운동을 하는 사람처럼 보였다. 웃는 법 없이 늘 딱딱한 표정을 짓고 있어서 몹시 위협적으로 보였는데, 이렇게 미소를 짓고 있으면 순진한 요리사처럼 보이기도 했다.

"선박 진수식을 할 때요, 독에 물을 채워요. 그때 가끔 바닷물과 함께 근해를 떼 지어 다니던 물고기들이 밀려들어 온대요. 그날은 고등어였던 거죠. 고등어가 얼마나 많았는지 다음 날 신문에도 났어요. 그날을 생각하면 축제 같아요. 거대한 배가 떠나간 자리에 고등어 떼가 밀려드는 모습이오. 조선소에서 일하는 사람들이 왁자지껄 하루 종일 고등어 얘기를 하다가 저녁에 신문지로 둘둘 만 고등어를 양손에 들고 퇴근하는 거죠."

무주도 가동을 멈춘 독을 지나간 적이 있었다. 이석과 함께 외근을 나가는 길이었다. 항공사진으로 찍어야만 한눈에 볼 수 있다던 거대한 독을 통해 한때 선박이 건조되었을 자리로 차가운 바닷바람이 불어닥쳤다. 독에는 골리앗 크레인이

철거되지 않은 채 위태롭게 솟아 있었다. 바다를 향해 난 반듯한 길과 드문드문 놓여 있는 녹슨 컨테이너들, 불이 꺼져 건물의 형태가 흐릿한 산업단지를 돌아보면 한때 이곳에서 거대한 선박이 쉴 새 없이 건조되고 노동자들이 넘쳐나며 심지어는 고등어 떼가 들끓었다는 것을 조금도 연상할 수 없었다.

처음에 효와 무주는 별로 말을 나누지 않았다. 무주는 이석의 일을 계기로 동료나 우정에 기대하는 바가 없어졌고 효는 워낙에 과묵한 타입이었다. 그러나 침묵하며 보내기에 밤의 근무는 길고 고됐다. 말하지 않고는 버티지 못할 때가 있는데, 심야에는 그런 순간이 자주 찾아왔다. 누가 먼저랄 것도 없이 통제 안 되는 보호자에 대한 불평을 늘어놓거나 병원 환자가 줄어드는 걸 걱정하며 말을 섞는 일이 잦아졌다. 함께 관리자들을 흉보며 병원의 관료주의를 비꼴 때도 있었다. 그러고 나면 음모를 꾸미는 동지처럼 서로를 보며 잠시 맘 놓고 웃었다.

무엇보다 응급 환자도 잠잠해질 새벽 서너 시

무렵에는 수다로 졸음을 쫓아야 했다. 딱히 화제가 없을 때면 효가 그동안 야간 근무를 하며 겪은 일을 이야기해주었다.

"작년에요. 밤 아홉 시쯤이었나? 음독자살을 기도한 남자가 실려 왔어요. 조선소에서 해고당하고 하는 일 없이 놀고 있는데 애인한테 헤어지자고 전화로 통보받으니까 그런 일을 벌인 거죠. 전화를 끊고 바로 약을 먹었대요. 남자가 하도 죽겠다고 하니까 걱정이 됐는지 여자가 다시 남자한테 전화를 했대요. 남자는 전화를 안 받았죠. 이미 약을 먹었으니 받을 수 없었겠죠. 여자가 걱정이 돼서 남자네 부모한테 전화했나 봐요. 부모가 여자하고 통화를 하면서 방에 가봤더니, 남자가 막 거품 물고 숨넘어가고 그러더래요. 부모가 너무 놀라서 소리 지르고 남자 이름을 부르고 그랬겠죠. 여자는 전화로 그걸 다 듣고 있었고요. 환자보다 애인이 먼저 병원으로 왔어요. 근데 애인이 무슨 소용이에요. 응급실에선 당연히 남자네 부모를 급하게 찾았죠. 보호자라서가 아니라 수혈을 해야 하니까요. 그런데 아무리 찾아도 부모가 없는 거예요. 여자가 다급하게 부모한테 전화해서 어디냐고 물었더니 버스 타고 병원에 가는 중이라고 하더래요. 20분 정도 더 걸린다고요."

"버스를 탔다고요?"

"제가 아는 가장 검소한 부모예요."

효와 떠드는 일도 좋았지만 수납 창구에 혼자 남아 있을 때도 나름대로 마음이 편안했다. 근처에 늘 효가 있고 간호조무사나 보호자, 의료진이 수시로 지나다녀서 그런 시간이 많지는 않았지만 간혹 모두 사라지듯 복도가 감쪽같이 텅 빌 때가 있었다. 편의점은 흐린 간판만 남겨두고 문을 닫고 공용 욕실도 닫고 약국도 문을 닫아 복도 끝의 비상구 표시등과 자판기 불빛만 희미하게 빛났다. 도시를 감싼 적막감도, 진군하는 어둠도, 고된 통증도, 분주한 질병도 모두 제 일을 마친 것처럼 일순 고요해지는 순간. 빛도 지나가지 않고 숨소리도 들려오지 않는 순간. 그런 순간이면 정적만 조심스럽게 몸을 뒤척여 마음이 고요해졌다.

어떤 날은 그런 시간이 아예 나질 않았다. 한밤

이 되면 죽어가는 사람과 위급한 상황에 처한 사람이 수시로 들이닥쳤다. 길거리에 쓰러져 있던 취객이 실려 오는 경우가 제일 많았고 교통사고 피해자와 가해자가 중상을 입어 함께 오기도 했다. 열이 펄펄 끓는 어린아이, 갑작스러운 심정지를 겪은 노인, 자살을 시도하다 상해를 입은 사람도 왔다.

갖가지 이유로 울고 소리치고 비명을 지르고 탄식하는 사람들을 보면 장례식장에 와 있는 기분이었다. 상조회사 직원이 되어 조의금을 받는 것 같았다. 그래도 싫다는 생각이 들지 않았다. 오히려 거리를 배회하는 풀 죽은 사람보다는 병원에서 죽어가는 사람이나 곧 죽을 사람을 상대하는 편이 나았다. 때로는 그들이 더 살아 있는 느낌을 주었다.

퇴근 시간이 된다고 해서 바로 퇴근할 수 있는 건 아니었다. 출근한 박에게 반드시 업무 보고를 해야만 했다. 박은 당연히 그 시간에 출근하지 않기 때문에 무주는 숙직실에서 잠시 자고 난 후에 업무 보고를 했다. 박은 피로해서 눈도 제대로 뜨지 못하는 무주를 세워두고 시간을 지연시키는 게 목적임이 분명한 질문을 던졌다. 간밤에 무주가 처리한 업무를 일일이 확인하며 되묻고 잘못 대답하면 트집 잡았다. 무주는 매사 틀리지 않도록 신경을 썼다.

병원을 나서면 속이 부대꼈기 때문에 국물이 있는 음식을 먹었다. 설렁탕이나 순댓국, 닭곰탕에 반주를 곁들였다. 술이 늘었다. 마시다 보면 순간적으로 피로를 잊었다.

효와 함께 먹을 때도 있었다. 지난밤의 응급 상황을 얘기하며 마셨다. 살려달라고 떼를 쓰거나 왜 살려놓았느냐고 따져 묻는 사람, 자살을 시도했으나 정작 병원에 와서는 살려달라는 사람, 다시 자살을 시도해야 하니 돈을 내놓으라고 억지를 부리는 사람에 대해 얘기하며 무주는 실실 웃었다. 술을 마시면 효도 풀어지는지 가볍게 웃음을 지었다. 확실히 제복을 입지 않을 때의 효는 표정이 훨씬 다양했다.

몇 시간 겨우 자고 일어나 숙취를 안은 채 출근하는 날이 계속되었다. 아내하고는 출근 준비를 할 때에나 겨우 몇 마디 나누는 게 전부였다. 아내의 표정이 갈수록 굳어가는 걸 무주는 매번 모른 척했다. 아내가 무슨 말인가 하려는 기색을 보이면 두려웠다.

어느 날 출근 준비를 하며 양말을 꺼내 신는 무주에게 아내가 말했다.

"다시 일을 하려고요. 괜찮은 자리가 생겼어요."

오랜만에 듣는 목소리라는 것에 서운해하지 말고 축하한다는 말을 먼저 해야 했다. 생각과 달리 잘됐다거나 무슨 일을 하게 된 거냐고 다정하게 물어볼 수 없었다. 무주는 입을 다물고 아내를 멍하니 쳐다보았다. 아내가 얼마나 지쳐 보이는지 마음이 아플 지경이었다. 그게 다 자기 잘못이라고 생각하니 씁쓸했다.

"가고 싶던 출판사예요. 팀이 하나 더 생겼대요. 팀장을 맡아달래요."

무주가 아무 말도 하지 않자 아내가 덧붙였다. 당연히 아내는 원하는 그 일을 시작해야 했다. 특히 요즘 같은 기분이라면 확실히 일이 도움이 될 것이었다. 무엇보다 아내는 이 도시를 좋아하지 않았다. 처음 집을 보러 왔을 때부터 아내는 이곳이 무섭다고 했다.

"여기서 산다고요?"

중개인이 소개한 빌라가 있는 동네를 둘러보며 아내가 여러 번 되물었다. 믿기지 않는 눈치였다.

빌라는 한때 행인들로 북적이는 시내 한복판이었던, 지금은 밤낮으로 적막한 거리 가운데 있었다. 한 동을 이룬 총 여덟 세대 중 단 두 세대만 입주해 있었다. 입주 예정인 무주네의 아랫집과 윗집, 옆집도 모두 비어 있는 채였다. 빌라 입구의 먼지 쌓인 우편함에는 버려진 집처럼 주인 없는 각종 고지서와 전단지들이 가득 꽂혀 있었다.

"집값도 싸고 넓고 깨끗하잖아."

무주의 말에 아내는 작게 무섭다고 중얼거렸으나 더 이상 말하지 않았다. 무주가 새로 시작하는 일에 방해가 되고 싶지 않아서였을 것이다. 그렇다고 이곳에 정을 붙이는 기색도 없었다. 일이 있거나 구실을 만들어 서울에 가는 걸 제외하면 외출도 잘 하지 않았다.

아내에게 내색하지 않았지만 무주도 무서웠다. 작동을 멈춘 거대한 공장, 싸구려 술로 몸을 망치는 사람들, 방치된 폐업한 가게, 건물 입구를 걸어 잠근 입주자 없는 공동 주택, 피부병을 앓고 배회하는 개들, 날이 따뜻해도 뼈처럼 단단하게 얼어 있는 땅 같은 것이. 뒹구는 돌에도 절망이 묻어나고 공터를 가로지르는 바람 소리가 사람들의 한숨 소리나 낮은 울음처럼 들렸다.

어두운 밤이면 계단을 오르는 발소리가 크게 울렸다. 집에서 작게 기침만 해도 소리가 벽을 타고 퍼졌다. 공동 주택임에도 불구하고 사방 어디에서고 생활의 기척이 느껴지지 않으니 온전한 집이라는 생각이 들지 않았다. 창고나 컨테이너 같은 임시 시설에 기거하는 기분이었다.

하루 종일 집에만 있다시피 하는 아내는 그런 생각을 더 많이 했을 것이다. 그렇기는 해도 떨어져 지낸다는 게 무슨 의미인지 물어보고 싶었다.

"조금만 기다려줘요."

질문을 던지는 대신 무주는 그렇게 대답했다. 버림받는 기분이었다. 이렇게 영영 멀어질 것 같았다. 아내는 절망한 얼굴로 곧 서울로 가야 한다고 말했지만 무주는 냉랭한 침묵 속에 집을 나섰다. 아내의 상심에 개의치 않았다. 아내보다 더 절망한 것은 자기 자신이기 때문이었다.

무주는 몽롱한 상태로 수납 창구에 앉아서 사람이 살아 나가는 것과 죽어가는 것, 절망한 취객의 싸움과 아픈 사람의 울분을 지켜보았다. 사람들은 울고 소리치고 신음하고 비명을 지르고 화를 냈다. 사람이라는 것에 질리고 경멸에 익숙해졌다. 모든 것이 시들해졌다. 환자를 살려놓았다고 보호자에게 먹살을 잡히고 취객이 토해놓은 것을 치우다 보면 인간에 대한 경외가 사라졌다. 병원비를 내지 않으려고 수를 쓰거나 무작정 달아나거나 뜻을 관철시키려고 주먹부터 휘두르는 사람을 보면, 그런 사람에게 괴롭힘을 당하면 몹시 화가 났다.

몸은 힘들지만 좋은 점도 있었다. 무주보다 상황이 나쁜 사람이 많다는 걸 알았다. 유령 같은 도시를 배회하느니 아픈 사람이 가득 들어찬 병원 창구에 앉아 있는 게 나았다. 적어도 병원은 바깥 거리처럼 황량하거나 적막하지 않았다. 몸이 아픈 것보다 가책을 느끼거나 외로운 게 낫다는 생각이 들기도 했다. 가책은 아무리 심해도 육체적 통증을 가하지 않았다. 시간이 지나면 자연스럽게 사그라지기도 했다.

동료의 한마디에 날을 세워야 하는 주간 근무에 비하면 신음하고 비명을 지르는 위중한 환자를 상대하는 게 편했다. 뭔가 알고 있다고 으스댈 필요도 없었다. 뭘 터뜨릴 거냐고 빈정대는 사람도 없었다.

열 시쯤 되어서 아내에게 서울에 도착했다는 문자메시지가 왔다. 무주는 간단한 정보만 적힌 문자를 여러 번 읽었다. 이렇게 급하게 떠나버린 게 너무 서운했다. 뭐라고 대꾸할지 고민하고 있는데 119 상황실에서 환자 수송 중이라는 전화가 걸려왔다. 무주는 휴대전화를 내려놓고 효와 함께 긴장한 얼굴로 응급실 입구를 주시했다.

얼마 후 성급한 바퀴 소리와 여러 명의 발걸음 소리, 울음과 옅은 신음, 낮은 비명 같은 것이 뒤섞여 들리면서 입구가 소란해졌다. 야간 근무가

본격적으로 시작됐다는 신호였다.

실려 온 사람은 노인이었다. 이동식 간이침대 밖으로 빠져나온 팔이 너무 앙상해서 무주는 자신이 죽어가는 사람 가까이 있다는 것을 깨달았다. 그게 별다른 느낌을 주지 않아 놀랐다. 잠시 후면 자신은 이 임박한 죽음으로부터 완전히 멀어질 터였다. 당직의가 노인에게 심폐소생술을 하고 산소호흡기를 가져다 댔다. 얼마 후 추레한 차림의 사내 둘이 다급하게 응급실을 찾았다. 노인의 가족이었다.

효가 응급실 쪽에서 걸어 나오며 조금 인상을 썼다. 자식들이 의사에게 다 죽어가는 사람을 왜 살려놓았느냐고 생떼를 쓰고 있다고 했다. 입이 쓴지 효가 침을 뱉고는 톤이 일정한 특유의 목소리로 말했다.

"병원에 영안실이 있으니까 귀신이 있다느니 어떻다느니 떠들어대지만 정작 무서운 건 귀신도 시체도 아닙니다. 사람이죠."

"맞아요. 사람이 죽어 된 게 시체고 귀신이죠."

"어떨 땐 환자고 보호자고 다 귀신 같죠."

효가 질렸다는 듯 고개를 저었다.

"병원 사람들도 마찬가지예요."

무주가 말했다. 악랄하게 구는 박과 김이 떠올라서였다.

"알고 계셨어요? 병원 사람들이 더할 때가 많죠."

무주와 효가 동시에 미소 지었다.

"병원 간호사가 환자를 죽인 일도 있습니다. 마비 효과가 있는 약을 환자에게 주사했어요."

효가 말했다.

"네? 누가요?"

"미국에서 있었던 일이에요."

"텔레비전에서 본 것 같아요. 재현 프로그램에서요."

"재현 프로그램 얘기가 아니에요. 이 병원에서도 비슷한 일이 있었어요."

효가 여느 때처럼 담담한 어조로 말했다. 무슨 일이 있었느냐고 물으려 했지만 더 얘기를 나눌 수 없었다. 의료진이 상대해주지 않자 두 사내가 수납 창구로 달려왔기 때문이었다.

한 사내가 대뜸 원무과 창구 너머로 손을 뻗어 무주의 먹살을 잡았다. 의자에 앉아 있던 무주는 억센 손에 이끌려 어정쩡 일어섰다. 효가 다가와 사내의 손을 떼어내려고 애썼다. 그럴수록 사내는 더 힘을 줬다. 숨이 막히기 직전에야 효의 도움으로 사내의 손에서 벗어났다. 사내는 분이 풀리지 않는다는 듯 왜 아버지를 살려놓았느냐고 소릴 질렀다. 카운터에 놓여 있던 양식함을 집어 던지기도 했다. 사내가 소동을 부리는 이유는 뻔했다. 보호자가 원치 않는 치료를 했으니 치료비를 낼 수 없다는 것이다. 입원에 동의하지 않을 테니 죽이건 살리건 알아서 하라고 했다. 효가 부둥켜안듯이 사내를 끌어안고 병원 밖으로, 유령 도시 속으로 데리고 나갔다.

안도할 새도 없이 교통사고를 당한 남자가 이송되어 왔다. 효의 말에 의하면 이인시의 교통사고 환자는 오히려 줄었다. 경기가 좋았을 때는 근방에서 택시기사로 돈을 벌고 싶으면 이인시로 가라는 말이 있을 정도였다. 사람이 주니 교통량도 줄고 그만큼 교통사고도 줄었다.

간단한 검사 후에 아침에 다시 방문할 것을 청하고 수납을 하려는데, 남자는 자신이 피해자이고 명확히 가해자가 있으니 병원비를 낼 수 없다고 버텼다. 그러다가 가해자인 택시기사 전화번호를 적어놓고 갑자기 달아났다. 무주는 남자를 잡으러 뛰어나갔다. 뒤따라 나온 효가 무주를 앞질러 남자를 쫓았다. 정문 앞 횡단보도를 건너서야 효가 남자를 붙잡았다. 무주와 함께 남자를 양쪽에서 붙들고 병원으로 돌아왔다. 남자에게 똑같은 내용을 여러 번 되풀이해서 설명하고 겨우 병원비를 받았다. 10만 원이 조금 안 되는 돈이었다. 그 돈을 받지 않으면 박에게 심한 질책을 받을 게 뻔했다. 기진맥진했다.

퇴근 시간이 가까웠다. 부지런한 직원들이 출근하기까지 얼마 남지 않은 시각이었다. 그 전에 무주는 효에게 이 병원에서 일어났다는 일에 대해 자세히 듣고 싶어졌다. 업무를 마감하느라 분주한 효를 붙들고 무주가 물었다.

"내가 그렇게 말했다고요?"

효는 그런 말을 했는지 기억 안 난다는 듯 굴

었다. 어색했다. 톤이 높아진 게 증거였다. 내키지 않아 하는 무주의 표정을 의식했는지 효는 "밝혀지지 않은 의료사고가 워낙 많으니까요" 하고 애매하게 말하고는 마지막 순찰을 돌아야 한다며 지하실 쪽으로 가버렸다.

무주는 잠든 듯 고요해진 수납 창구에 홀로 앉아 효를 기다렸다. 순찰이 길어지는지 효는 좀처럼 돌아오지 않았다. 그저 해본 말일 수도 있지만 그렇지 않을 수도 있었다. 얼마 전 병원에서 있었던 일을 말하는 걸까. 헤파린 사건 말이다. 그 일에 대해 효는 뭔가 알고 있는 것일까. 효의 말을 듣고 나서야 무주는 그 일이 어떻게 벌어졌는지, 왜 흐지부지되었는지 의아해졌다.

잠깐 쉴 요량으로 창구에 엎드렸다. 저절로 눈이 감겼다. 희미하게 아내 얼굴이 그려졌다. 옅은 꿈속에서도 아내는 멀리 있었고 자신은 다가가지 못했다.

얼마쯤 지났을까. 창구 쪽으로 다가오는 발걸음 소리에 잠이 깼다. 바닥을 끄는 낯설면서도 익숙한 소리였다. 발걸음 소리가 일정한 속도로 무주 쪽으로 왔다. 고개를 들어야 한다는 생각과 달리 몸이 쇠공처럼 딱딱하게 굳었다. 누군가 머리를 들지 못하도록 세게 짓누르는 것 같았다.

발걸음 소리가 무주 머리맡에서 멈췄다. 무주는 계속 엎드려 있었다. 잠든 척하며 그 사람이 멀어지기를 기다렸다. 그가 자리를 떠나기 전에는 결코 고개를 들지 않을 작정이었다.

"오랜만이군."

익숙한 목소리였다. 이제는 고개를 들어야 했다.

이석이었다. 콧수염을 깨끗이 깎아서인지 살이 찌고 혈색이 좋아 보였다. 느긋하고 당당해 보이기도 했다. 어색하고 미안해서 그렇게 보이는지도 몰랐다.

이석이 활짝 웃으며 창구 너머로 손을 내밀었다. 이석의 손은 여전히 산짐승의 발처럼 커다랗고 딱딱해 보였다. 그 손을 보며 무주는 자신이 이석에게 적의를 느끼고 있음을 깨달았다. 생소한 기분이었다. 당연히 기회만 생기면 사과할 작정이었다. 자신의 고발이 이석의 사직으로, 아이의 죽음으로 이어졌다고 생각하면 참기 힘들었다.

　지금은 아니었다. 이석에게 용서를 받는다 해도 고마운 마음이 들지 않을 것 같았다. 오히려 이 모든 곤경이 이석 탓이다 싶을 때가 있었다. 그러면 화가 났다. 분노를 가라앉히려면 이석의 아이가 죽었다는 걸 굳이 상기해야만 했다.

　무주는 벌떡 일어섰다. 창구를 벗어나 이석을 세게 끌어안았다. 몸을 떼어내고 뒤늦게 이석의 커다란 손도 마주 잡았다. 지나치게 호들갑스러웠는지 이석이 무주를 조심스럽게 떼어냈다. 무주는 숨을 고르고 이석을 응시했다. 이석의 얼굴이 차갑게 굳어 있었다.

6. 용접공

출근 시간이 되자 사내 공지를 통해 전날의 임시 이사회 개최 소식이 전해졌다. 원장이 해임되었다. 급작스러운 발표였지만 직원들은 예견한 일이라는 듯 차분했다. 원장이 의료진의 신임을 얻지 못했던 데다 그간 요양급여를 착복해왔다는 것이다.

그 소식을 처음 듣는 건 무주뿐인 것 같았다. 무주는 무척 놀랐는데 사무장이 지난번 강당에서 말한 착복의 주체가 이석이 아니라 원장이라는 사실 때문이었다. 새벽에 이석은 그저 병원을 둘러보고 옛 동료를 만나러 온 게 아니었다. 업무로

복귀하면서 예전처럼 누구보다 일찍 출근한 것이었다.

이석은 용서를 받은 것도, 누명을 벗은 것도 아니었다. 애당초 착복이나 리베이트, 뇌물 수수, 비리와는 전혀 다른 이유로 병원을 그만두었으니 누명을 벗거나 용서를 받을 이유가 없었다. 이석이 저지른 일은 병원 경영진이나 이석 자신에게 아무런 영향도 미치지 않았다. 당당한 복귀가 그렇게 말해주었다. 한마디로 무주의 고발은 아무소용도 없었다.

다행이라는 생각은 들지 않았다. 허탈했다. 놀림을 받은 기분이었다. 그간 고통을 겪은 건 무주였다. 잘못을 저지른 이석이 아니었다. 무주는 이석에게 좋지 않은 일이 생겼을까봐 걱정했다. 우정과 호의를 배신한 자신을 자학했다. 용서받지 못할까봐 두려웠다. 아이가 죽었다는 소식을 들었을 때는 심하게 자책했다. 이석은 모를 것이다. 무주가 고통받았다는 사실에 무관심할 것이다.

그동안 서먹하게 굴던 동료들이 무주에게 이석이 돌아온 사실을 전했다. 말투만 들어서는 반기

느지 탐탁지 않은지 구별하기 힘들었다. 모두 이
석의 승진을 의식하고 있었다. 이석은 개원 예정
인 요양시설의 본부장을 맡게 되었다. 부지 매입
과 시설 건립의 총책임자가 될 것이라고 했다. 직
원들 누구도 더는 이석을 삐끼라거나 야매 약사,
공고 졸업생이라고 놀리지 못할 것이다.

이석의 소식을 전하면서 무주를 보고 피식 웃
는 사람도 있었다. 무주가 그간 이석을 모함해왔
다고 여기는 것 같았다. 무주의 말이 사실이라면
이석이 돌아올 리 없고, 무엇보다 승진할 리 없지
않느냐고 반문하는 듯했다.

긴장된 분위기 속에 이석이 사무실로 들어섰
다. 전 같으면 떠들썩한 농담 먼저 했을 텐데, 이
석은 과묵하게 고개를 살짝 숙여 인사하고 돌아
가며 안부를 물었다. 직원들도 선뜻 장난을 걸지
못했다. 이석과 늘 티격태격하던 박마저 상사 대
하듯 이석이 내민 손을 어색하게 마주 잡으며 반
말인지 존댓말인지 불분명한 투로 말했다. 이석
은 그저 고개를 끄덕이며 간단히 대꾸했다. 그 때
문에 이석이 병원에 퍼진 자신의 소문을 알고 있

을지 모른다는 생각이 들었다.

이윽고 무주 앞에 선 이석은 이번에는 딱딱한 손을 내미는 대신 바쁘냐고 물었다.

"바쁜 건요. 전 이미 퇴근했습니다."

사실이 그랬지만 유난히 재미없게 들렸다. 이석이 슬며시 웃어주었다. 예전처럼 장난스럽게 한쪽 눈을 찡그리며 웃는 게 아니었다. 예의를 차린 미소에 가까웠다. 무주의 변절에 대한 울분을 노골적으로 드러내지는 않았지만 기회가 있을 때마다 알려줄 작정 같았다.

"퇴근하기에는 너무 이르군. 같이 밥이나 먹지. 아직 아침 식사 전이라면."

이석이 무주의 대답을 듣지도 않고 앞장서 사무실을 빠져나갔다. 무주는 우물쭈물했다. 누구라도 동석해주면 좋겠다 싶었지만 그럴 만한 사람이 없었다. 직원들이 이석을 따라나서는 무주를 물끄러미 쳐다보았다.

효와 가곤 했던 해장국집으로 갔다. 이석이 묻지도 않고 순댓국 두 그릇과 소주를 시켰다. 무주는 시장기도 없는데 추위 때문인지 뜨겁고 짠 국물을 계속 입에 떠 넣었다. 이석은 국은 먹지 않고 잠자코 소주만 따라 마셨다. 무주가 따라주기도 했지만 대개 스스로 따라 마셨다. 이석과 술을 마시는 건 처음이었다. 그가 다시 술을 마시게 된 이유를 무주는 쉽게 짐작했다.

식사를 청한 것치고 이석은 과묵했다. 침묵을 견딜 수 없는 쪽은 무주였다. 무주는 괜한 순댓국 맛을 트집 잡다가 이석에게 그간 어떻게 지냈느냐는 질문과 어디서 지냈느냐는 질문을 툭툭 던졌다. 이석은 어떤 질문에는 대답했지만 어떤 질문은 못 들은 척했다.

겉도는 얘기가 이어져 무주는 벽에 걸린 텔레비전으로 시선을 돌렸다. 뉴스에서는 예전 조선소 근무 노동자의 자살 소식이 나오고 있었다. 이석이 흘깃 텔레비전 화면을 보더니 무심한 표정으로 다시 소주를 한 잔 마시고 물었다.

"제일 먼저 잘리는 게 누군 줄 알아?"

"네?"

무주가 깜짝 놀라 되물었다. 이석이 병원 얘기를 하는 줄 알았다.

"조선소 말이야. 경기가 어려워지면 제일 먼저 누굴 자르겠냐고."

"그야 비정규직이겠죠."

"그중에서도 용접공. 때울 게 있어야 남아나지."

무주는 잠자코 다시 텔레비전 쪽으로 시선을 돌렸다. 뉴스는 이미 다른 소식으로 넘어가 있었다.

"하지만 그다음부터는 똑같아. 선후의 차이는 별로 중요한 게 아니야. 결국 같은 처지가 되니까."

이석이 잔에 술을 따라주었고 무주는 마셨다. 이석에 비해 무주의 술 먹는 속도가 빨라졌다. 금세 취했다. 실은 취하려고 서둘러 마셨다. 취기라는 핑계를 대고 미안하다고 사과했다. 변명도 했다. 사무장이 지시한 줄 알았다고 발음을 뭉개며 얘기했다. 그래야 하는 줄 알았다면서 조금 울먹이기도 했다.

"아마 그럴 거야."

이석이 잠자코 있다가 작게 말했다. 무주가 의

미를 알아차리지 못해 되묻자 다시 입을 다물었다. 무주로서는 제 변명을 받아준 건지, 사무장이 지시한 일일 거라 짐작한다는 소리인지 알 수 없었다.

그 후로 이석은 무주가 계속 같은 말을 반복하며 사과할 때마다 흔쾌하게 괜찮다고 했다. 그 간단한 대답으로는 괜찮다는 건지 아니라는 건지, 자신이 한 일을 잘못으로 여기는지 아닌지 분간하기 힘들었다. 잘못한 줄 모른다면 무주는 여전히 화가 날 것 같았다.

그걸 확인하는 대신 무주는 이석이 없던 동안의 일을, 자신이 동료에게 비난받고 따돌림 당한 이야기를 털어놓았다. 박과 김에 관한 험담과 불만도 슬며시 풀어놓았다. 이석의 마음이 조금이라도 풀리려면 그간 자신도 고통받았음을 알려줘야 했다.

"이제야 자네 같군."

이석이 조용히 말했다. 어수룩하고 어설프고 영 미덥지 못한 사람. 이석은 언제나 그런 식으로 무주를 평가했다. 화가 나지는 않았다. 서운하지도 않았다. 용서를 받는 기분이었다. 눈물이 나왔다. 안도인지 서러움인지 알 수 없었다. 목구멍이 울음으로 꽉 찼다.

울음을 삼키려고 말없이 뜨거운 국물을 입에 넣는데 돌연 그런 감정이 자연스러운가 하는 의문이 들었다. 누군가에게 항상 어리숙하다는 평가를 받고 계속 미안해하고 용서받은 걸 감사해야 하는 관계 말이다.

"박이나 김이 특별히 나쁜 건 아니야. 둘 다 고지식해서 그렇게 된 거지. 병원 개원 멤버잖아. 줄곧 지시만 내려봤겠지. 조직생활을 오래 하면 그렇게 되기 쉬워."

"안 그런 사람도 있습니다."

"박이나 김은 이 병원에서만 자기 자리를 찾으려는 사람들이야. 병원을 거대한 거미줄이라 생각하고 거기에 자기가 유일하게 집을 지어야 한다고 믿지."

"병원이 거미줄이라고요?"

"거미줄 하나에 두 마리의 거미가 함께 있기는 힘들잖아."

"그러면 한 마리는 죽죠."

"잘 알고 있군."

"그렇지만 거미줄이라고 해도 두 마리, 세 마리가 함께 있으면 안 됩니까? 왜 있잖아요, 공존. 여기서는 안 됩니까?"

"거미줄 하나에 거미 두 마리가 함께 있는 게 공존이 아니야. 그건 자연계를 무시한 처사지. 한 거미줄에 한 마리씩의 거미가 여러 개 늘어서 있는 것, 그게 공존이야. 다른 거미줄을 넘보지 않는 상태가 공존인 거라고."

"넘보긴요, 누가……."

"두 사람은 성실하게 일해왔어. 환자의 치료 기간이 얼마나 되는지, 그 질환에 비급여 청구 항목이 몇 개나 되는지, 공단에 청구할 보험료나 입원료가 얼만지 무척 잘 알고 있거든. 자기한테 유리한 쪽으로만 성실했지만 말이야. 정작 사람에 대해서는 하나도 관심이 없지. 그 사람이 어떤 병을 앓는지, 얼마나 고통받는지, 가족들은 긴 간호를 하며 어떤 기분일지…… 생각할 필요가 없으니까. 병상과 비급여, 입원료, 입원 기간, 이런 것만 고려하면 되거든. 이런 평범한 사람들이 조직에서 살아남는 방법이 뭐겠어?"

"아랫사람 갈구면서 지시대로 열심히 수행하는 거죠."

무주는 뜨끔했다. 입을 다무는 게 나았다. 무주는 실상 스스로를 비난하고 있었다.

"그것도 방법이지. 아님 천재가 돼야지. 군말을 듣지 않으려면 탁월해지면 되거든."

"천재는 아무나 되나요."

"그래서 보통은 타락하는 쪽을 택하지."

무주는 당황했지만 확실히 깨달았다. 이석은 무주 얘기를 하고 있었다. 이석 자신의 얘기이기도 했다. 무주가 자신과 별다를 바 없음을 알아채기를 바라는 것 같았다.

무주는 이석의 가느다란 눈을 피하려고 분위기를 돌릴 화제를 찾았다. 문득 헤파린 사건이 떠올랐다. 마침 오늘 새벽에 효에게 그런 얘기를 들어서였다.

"병원에 사고가 있었어요."

무주는 보관실에 있던 수액 주머니에 다른 약

물이 주입되어 있었다고 얘기했다. 그것의 의미를 설명하려고 인슐린이 과하게 주입되었을 경우 일어나는 신체 반응을 덧붙였다. 얘기를 다 하고 나서야 잠자코 듣고 있는 이석이 종종 야매 약사라는 별명으로 불렸으며 간호조무사 시절 그 약품을 다뤄본 적 있으리라는 데 생각이 미쳤다. 짐작대로 이석은 무주의 말을 정확히 알아듣고 되물었다.

"누군가 일부러 약물을 주입했다는 거야?"

"그럴 수도 있다고 생각해요."

"환자를 죽이려고?"

"그러면 치사량을 썼겠죠."

"그것도 아니라면 왜?"

"그거야 모르죠."

"유감이지만 투약 실수는 흔한 일이야."

"현미경으로 봐야만 보이는 주사 자국이 있답니다. 플라스틱으로 된 주머니 입구에 구멍이 뚫렸대요. 열 개나 뚫린 것도 있고요. 생각해보세요. 약병인데 무슨 코르크처럼 구멍이 뚫렸다고요."

"그래서 어떻게 됐지? 누가 죽었나?"

"환자들은 괜찮아졌어요. 다행이죠. 응급처치가 빨라서 별 탈 없었죠. 그래도 진상을 조사했어야 하는 거 아닙니까? 원장은 잠자코 있었어요. 사무장은 문제 삼지 말라고 윽박질렀고요."

"결국 아무 일도 없었잖아. 담당 의사하고 간호사, 당직 의사가 고생했을 테지만, 그게 다잖아."

"진상 규명하고 재발 방지를 약속해야죠."

"바람직한 소리야."

"그런 일이 생긴 것도 사과해야 하고요."

"옳은 말만 하는군. 하지만 누구한테 사과하라는 거지? 죽다 살아난 환자한테? 환자를 살리느라 애쓴 의료진한테? 그런 일을 겪게 한 직원들한테?"

"어떻게 그런 일이 생겼는지 조사는 해야죠."

"의료사고가 났다고 동네방네 떠들었어야 하는군."

"누가 그랬는지 잡아야죠."

"이럴 때 형사들은 보통 동기를 찾던데. 동기가 있는 사람이 범인이잖아."

"그러니까 조사를 했어야죠."

"동기를 찾는 방법은 간단해. 누가 그 일로 이익을 봤는지 따져야지."

그 말을 듣자마자 무주는 누군가가 떠올랐다. 이석에 대한 무주의 글이 삭제된 직후 그 일이 터졌다. 결과적으로 이석의 비리는 단숨에 묻혔다. 화젯거리도 되지 않았다. 곧이어 아이가 죽었다는 소문이 퍼지면서 이석은 동정을 샀다. 게시판에 올렸던 내용이 일부 알려진 모양이지만 사람들은 이석의 비리를 그럴 만한 이유가 있는 것으로 치부했다. 누구도 문제 삼지 않았다. 누군가 죽으면 그런 일이 흔히 벌어졌다. 사람들이 이석에게 느끼는 호의에는 확실히 동정이 포함되어 있었다.

그렇지만 이석의 동기를 산발적으로 추측하는 것은 죄책감을 덜려는 노력에 불과했다. 이석이 무주를 뚫어져라 쳐다보았다. 무주는 웃으려 애썼다. 잘 되지 않았다. 이석이 다시 돌아온 건 그에게 탓할 일이 없다는 뜻임을 잊지 말아야 했다. 승진이야말로 이석에게 아무 잘못이 없다는 실질적인 증거였다. 이석은 관행에 따라 한 푼도 챙기지 않고 믿음직한 누군가에게 모두 건네줬을 것이다.

문제가 불거졌을 때 무주는 버려졌지만 이석은 살아남았다. 다시 기회를 얻었다. 그게 잘못이 없다는 건지, 쓸모가 남았다는 의미인지 헛갈렸다.

"뭘 그렇게 오래 생각해? 누구긴 누구겠어. 새로 계약한 약품업자겠지. 약품업자를 바꿨을 거 아니야."

그랬다. 사실이었다. 그러나 영업사원이 거래처 한 곳 늘리자고 위험한 짓을 벌였다고 추측하기는 힘들었다.

"세상에는 동기를 유추할 수 없는 일이 제법 되지. 자네 성경을 읽어본 적 있어?"

"종교 없습니다."

"아이 때문에 아내가 하도 성화해서 교회에 잠시 다녔어. 나더러 기도라도 하라는 거야. 하지 않는 것보다야 낫다고. 기도로 아이가 낫는 건 아니지만, 영 틀린 말도 아니지 싶어서 따라갔지. 찬송도 모르고 설교도 재미없으니까 예배 시간이면 할 일이 없어 멀뚱히 앉아 있다가 성경을 조금씩 읽었어. 『마태복음』 8장에 이런 구절이 있어. '죽은 자로 하여금 죽은 자를 장사하게 하라.' 무슨 소린지 모르겠어서 계속 곱씹었어. 예수는 인자하고 자비롭다면서 죽은 사람한테 왜 이러나, 사람이 죽었는데 이렇게 야박해도 되나…… 이해할 수 없었지. 한참 새기니까 조금 알 것도 같더라고."

"무슨 뜻인데요?"

"영혼이 죽은 자는 내게 필요 없다, 불신자는 불신자에게 가고 믿는 자들은 나를 따르라. 그러니까 나를 따르는 건 믿는 자로 충분하다는 뜻이려나."

무주는 그 순간 술이 깼다. 몽롱하던 정신이 맑아졌다. 그래도 흐트러진 자세를 유지했다. 자신이 두려워하고 있음을 이석에게 들키고 싶지 않았다.

"내가 병원을 좋아하는 이유를 말한 적 있지?"

이석이 잔에 남은 술을 한 번에 삼켰다.

"병원은 말이야. 불리한 건 절대 들춰내지 않아. 또 원하면 뭐든 감출 수 있어. 물론 들출 수도 있지. 노력이 필요하긴 하지만 말이야. 어때, 자네는 병원이 좋아졌나? 그런데 자네 취했군. 몸을 영 못 가누잖아. 그만 마시고 가자고. 난 이제 근무를 시작해야 해."

이석이 벌떡 일어서더니 계산을 하고 먼저 식당을 나섰다. 무주는 여전히 술에 취한 척 엉거주춤 일어섰다.

식당 밖으로 나와 보니 이석은 이미 한쪽 다리를 티 나지 않게 끌며 병원 쪽으로 가고 있었다. 그 뒷모습을 보면서 무주는 자신과 이석의 우정에서 무언가 빠져나갔음을 깨달았다. 이석은 달라졌고 무주도 마찬가지였다. 이석과 무주를 이어주는 것은 실망감의 여운뿐이었다.

7. 환자 중심주의

취임식을 대신해 신축 사업 설명회가 있었다. 새로 온 원장이 직접 그 일을 맡았다. 웅장한 음악과 함께 조감도가 스크린에 나타났다. 탐탁지 않아 하던 사람들도 탄성을 터뜨릴 만한 조감도였다. 요양시설이라기보다 호사가가 설계한 별장처럼 보였다. 외양이 하도 화려해서 거기에서 지내면 손님이 된 듯 거북할 것 같았다.

화면이 멈추고 음악 소리가 잦아들자 원장이 마이크 앞에 섰다. 이제 갓 40대에 접어든 원장은 젊은 나이를 의식했는지 고지식한 방식으로 가르마를 탔다. 원장이 실내를 둘러보며 시간을 끈 후 천천히 입을 열었다.

"제가 가장 존경하는 분은 평범한 대한민국 노인입니다. 그분들은 몸을 바쳐 이 나라를 키워냈지요. 식민지, 징용, 광복, 전쟁, 참전, 개발, 산업화, 독재, 민주화⋯⋯. 한 나라의 국민으로 겪을 수 있는 온갖 풍파를 다 겪은 분들입니다. 한마디로 우리나라의 역사지요, 산증인. 저는 이렇게 생각합니다. 우리가 이만큼 살게 된 건 다 그분들 덕이라고요. 젊어서는 우리 사회의 노동력이 되어 나라를 부강시키고 자식을 키웠습니다. 초고령 사회로 접어든 지금 노인은 다시 우리 사회의 밑천이 되고 있습니다. 노인 사업이 우리 사업의 근간입니다. 노인들은 우리 병원의 것이 될 겁니다."

무주는 원장이 말한, 노인들이 우리 병원의 '것'이라는 말을 새겨들었다. 흥분해서 그랬겠지만 단순한 실수로 들리지 않았다.

"이제 더 이상 이인시 환자가 오기를 앉아서 기다리고만 있을 수 없습니다. 이인시 환자로는 절대 병상을 채울 수 없습니다. 이인시를 보십시오. 조선 사업을 근간으로 하다가 속절없이 모든 걸

잃고 말았습니다. 이인시에 남은 게 뭡니까. 노인하고 일자리 잃은 노동자밖에 없습니다. 밖에서는 다 유령도시라고 부르는데 유령이 아니고서야 왜 이인시로 오겠습니까. 하지만 우리 때문에 올 겁니다. 오게 될 겁니다. 시야를 넓혀 다른 도시 환자를 직접 모셔와야 합니다. 고령 환자나 인지증 환자가 갈 곳을 찾지 못해 시설을 전전하는 일 없이, 일반 병동에 머물다 자택으로 돌아가 자식에게 짐이 되는 일이 없도록, 자존감을 지키며 노후를 보낼 수 있도록, 우리 시설에 머물게 할 것입니다. 도시 사람들이 몰려드는 믿음직한 요양시설을 만들겠습니다. 버려진 이인시를 노인의 천국으로 만들겠습니다. 선도병원을 위해서가 아니라 이인시를 위해서, 이인시가 아니라 우리나라의 균형 잡힌 발전을 위해서 말입니다."

"뭐가 좋다는 겁니까? 시설입니까? 의료진입니까?"

삐딱한 투로 의사 중 한 명이 물었다. 반감이 느껴졌다.

"좋은 요양시설의 요건이 뭐겠습니까? 대체로

아내가 남편한테 바라는 것과 비슷하지 않겠습니까? 안정적이고 의지가 되는 충실한 동반자 역할을 해줘야지요. 우리가 그런 역할을 해줄 겁니다. 그 과정에서 불평불만을 듣기도 하겠죠. 모두를 만족시키기는 어려우니까요. 하지만 남편을 욕하는 것과 남편과 헤어지는 건 완전히 다른 얘기 아닙니까."

아무도 웃지 않았다. 분위기가 냉랭했다.

"병원 조직에서 가장 중요한 사람이 누굽니까?"

대답해보라는 듯 원장이 좌중을 훑었다.

"환잡니다. 우리의 환자는 바로 노인이지 말입니다. 당연히 그렇습니다. 병원 조직 문화를 바꾸고 구성원을 결집시키고 변화를 위한 기반을 다지는 계기 역시 환자 중심주의에서 찾겠습니다. 이것이야말로 병원이라는 조직이 존재하는 이유이자 우리가 나아갈 방향이 될 겁니다."

"의사가 언제 환자를 중심에 놓지 않은 적 있습니까? 그래서 뭘 하겠다는 겁니까?"

원장의 말을 조롱하듯 자리에 앉은 채 한 의사

가 큰 소리로 물었다.

"의료진의 공감대를 형성하도록 구체적 실천 방안을 만들어보겠습니다. 당연히 그렇게 할 겁니다. 무엇보다 저도 의사 아닙니까."

원론적이고 생기 없는 답변에 수군거림은 멈추지 않았다. 질문이 이어졌다.

"부지는 어딥니까? 이쪽에 마땅한 땅이 있습니까?"

"여러 곳의 후보지를 검토 중입니다."

"자금은 어떻게 마련합니까? 돈이 있냐고요."

"믿음직한 투자처가 있습니다."

"그게 어딥니까?"

"차차 알려드릴 겁니다."

원장이 분위기를 의식한 듯 흐지부지 대답하고 내려갔다.

어수선한 분위기 속에서 이석이 단상에 올랐다. 이석은 시종 굳은 표정으로 누구의 주목도 끌지 못한 채 시설에 대한 설명을 시작했다. 스크린에서는 조감도가 되풀이해 재생되었다. 빛이 스크린에만 집중되어 있어 단상에 선 이석의 얼굴은 검게 보였다.

의료진이 진료 시간을 핑계로 강당을 빠져나가기 시작했다. 관리부 직원들도 슬금슬금 눈치를 보며 자리를 떴다. 이석의 비리를 비호하던 직원들도 승진 소식에는 반감을 느끼는 모양이었다. 아픈 아이가 병원에 누워 있고 잡역부처럼 누구의 일이든 웃으며 도울 때 이석은 쉽게 호감을 샀지만, 상사가 되자 달라졌다. 이석이 보여준 미덕이 그대로 단점으로 치부되었다. 비전문적이라 믿을 수 없고 말장난과 농담만 일삼으며 물색없이 업무에 간섭하고 간호사를 방해한다고 했다. 승진을 했다지만 아직 실체가 없고 계획뿐인 요양병원의 본부장이어서 시설 건립과 관련한 일에 실컷 동원되고 막상 개원하면 전문가에게 자리를 내주어야 할지 모르는 형편인데도 그랬다.

직원들이 눈치껏 자리를 떴지만 무주는 끝까지 남아서 이석의 얘기를 들었다. 어차피 근무는 끝났고 이 일을 어떻게 진행할 건지 지켜보고 싶은 마음도 컸다.

신축 예정인 실버타운은 건물 형태가 아니라

타운하우스형 집합 주거 형태라는 점이 가장 큰 특징이었다. 입주 고령자들은 문턱 없는 배리어 프리 집합 주거에서 생활하게 되며 전문 상담사와 의료진이 상시 생활 상담에 응하고 돌봄 서비스를 제공할 예정이라고 했다. 서울 소재 일급 실버타운에 비하면 입주 보증금이 적다는 점이 가장 큰 장점으로 꼽혔다. 비교적 저렴한 비용으로 훨씬 고급 시설을 이용할 수 있다면 입주를 망설이지 않으리라는 것이다.

빈자리가 많아진 강당에 부지도 확보 안 된 시설을 설명하는 이석의 소리가 공허하게 울렸다. 설명을 마치고 단상을 내려갈 때는 아무도 이석에게 박수를 쳐주지 않았다.

사무실로 돌아가자 사업 설명회 여파로 분위기가 어수선한 중에 소규모 인사이동이 공지되어 있었다. 무주는 석 달 만에 야간 근무에서 벗어났다. 박이 무주에게 다가와 처음 야간 근무를 맡길 때 그랬던 것처럼 특혜를 베푼 듯 으스댔다.

"무주 씨 몸 상하는 걸 두고 볼 수 없어서 말이야."

박이 무주의 책상에 서류를 툭 내려놓았다.

"아주 인상적인 보고서야. 그렇지? 특히 이 부분을 봐봐."

박이 가리키는 것은 지금은 흐지부지된 혁신위원회에 소속되었을 당시 무주가 작성한 보고서였다. 그걸 보고 무주는 갑작스러운 직무 변경을 이해했다.

무주는 보고서에서 자금 확보 방안으로 체납 병원비의 적극적인 회수를 건의했다. 특별할 게 없는 의견이었다. 장기 입원 환자에게 중간 정산을 요구하거나 입원 보증금 받기, 연대 보증인 제도를 이용하기 등 이미 여러 병원에서 시행 중인 방법을 정리한 것에 지나지 않았다.

지불각서를 쓰고 퇴원한 경우에 장기 미납 상태가 되면 병원 법무팀이 소송을 걸어 진료비 지급 명령서를 발부했다. 새 원장은 법무팀이 소송 작업을 시작하기 전에 가급적 원만하게 합의를 이뤄야 한다고 주장했다. 소송에 따른 시간적 경제적 손익을 따지면 그게 나았고 소송까지 가기에는 체납액이 터무니없이 소액인 경우가 많아서였다.

그간 전문 회수 업체에 병원비 체납을 위탁해 관리해왔지만 형편이 나빠진 탓에 회수율이 낮고 소액 체납이 늘자 적극적으로 방어에 나서기로 한 것이다. 수입이 늘지 않으니 손실이라도 줄여보자는 취지였다. 입원 보증금과 연대 보증인 제도를 확대하고, 퇴원 시 정산을 2주 단위 정산으로 바꾸겠다고도 했다.

수납에 문제가 없는 환자라면 입원 동의서에 이런 조항이 있는 것도 모르고 넘어갈 테지만 조금이라도 수납이 어려워지면 가차 없이 병원 측으로부터 사채업자에게 그러하듯 쫓기게 된다는 의미였다. 당장 내부 인원을 활용해 체납액 관리를 시작할 예정인데, 그 내부 담당자가 바로 무주였다.

이해할 수 없는 조치였다. 내원 환자 수가 급감하고 있는데 체납 병원비 회수에 매달리는 건 납득하기 어려웠다. 노인 환자 위주로 병원의 체질 개선을 선도하겠다면서 말이다. 무엇보다 체납액은 아무리 많다고 해도 병원 자본금의 극히 적은 부분에 지나지 않았다.

"묻힐 뻔한 보고서였어. 새 사업 본부장님이 굳이 상기시켜주셔서 무주 씨가 이렇게 병원 걱정을 많이 하는지 새삼 알았지 뭐야. 역시 본부장님이야. 새 사업만 신경 쓰시는 줄 알았는데 안목이 남다르잖아. 돈이 있어야 새 사업도 하는 거니까 한 푼도 묵히지 말자는 거겠지."

박이 가까이 다가와 목소리를 낮췄다.

"나랑 같이 터뜨리지."

"뭘 말입니까?"

"그거. 알고 있다는 거. 위험하다며? 조심하라고 했잖아."

무주는 조금 물러섰다. 박이 눈치도 없이 다시 거리를 좁혔다.

"새 사업이라니, 병원 망하자는 거지 그게 뭐야. 평생 서울서 살던 노인들이 왜 이런 시골에 와서 죽어? 지방 출신 노인들은 자기 고향으로 가지 왜 여길 오겠어? 그렇다고 이인시 노인들이 오겠어? 다 살던 집에서 죽겠다고 할걸. 본데없는 자를 본부장으로 앉혀놓으니 저런 허황된 얘기나 하는 거야. 허공에 돈을 쏟아붓겠다는 거지. 이

러다가는 병원이 망한다고. 이석 저 인간, 얼마나
해먹었다고 했지?"

그제야 무주는 박의 말을 이해했다.

"알고 있는 거, 그거 깝시다. 뭔 비리야? 증빙은
있지?"

무주가 피식 웃었다. 박도 따라 웃었다. 무주
역시 더 아는 게 있으면 좋겠다고 생각했다. 순전
히 박을 놀리기 위해서라도 그런 게 있으면 좋겠
다 싶었다. 무주의 웃음을 어떻게 해석한 건지 박
은 웃음을 멈추지 않았다.

"앞으로 잘해봐. 미납 병원비 추징, 정산, 이런
거만 해. 내부 고발, 절대 안 돼. 알고 있지?"

웃는 건 박 자신밖에 없었다. 박은 개의치 않고
느긋한 걸음으로 제자리로 갔다.

퇴근 무렵, 갓 취임한 원장에게 간호사들이 몰
려가 헤파린 사건의 진상 규명과 해고된 간호사
의 복직을 요구했다는 소리가 들렸다. 원장이 최
선을 다하겠다는 뻔한 약속을 했다는 얘기도 들
려왔다. 그 얘기가 전해지자 직원들은 인상부터
찌푸렸다. 다 끝난 얘기를 이제 와서 뭐하러 다시

들추냐며 간호사들을 비난했다.

무주는 처음에 그 사건에 별 관심을 갖지 않았다. 약품이 원래 목적과 다르게 사용되거나 혼합되는 동기를 상상하기 어려웠다. 환자에게 문제가 생길 때마다 의료진을 의심하는 건 옳지 않은 태도였고 사무장이나 원장도 그걸 경계해 일을 재빨리 종결시켰을 터였다.

이제는 궁금해졌다. 그 일이 어떻게 발생한 건지, 왜 아무도 더 알아보려 들지 않았는지 말이다. 어째서 약품 보관실에 출입한 사람을 탐문하거나 허술한 약품 관리 체계를 문제 삼지 않은 걸까.

사건이 벌어질 당시 무주는 이석의 일에 신경을 쓰느라 무심했지만 지금은 완전히 새로운 관점으로 그 사건을 바라보게 되었다. 이석의 일과 시기가 일치하는 게 우연 같지 않았다. 병원에서 약품 보관실에 편히 드나들 수 있는 사람은 얼마 없었다. 그중에 인슐린과 헤파린에 관한 의학 정보를 아는 사람을 추릴 수 있을 것이다.

무주의 모든 질문은 애당초 이석을 향하고 있었다. 매사 이석을 연관 짓다 보니 자신이 지나치게 집착에 사로잡힌 것처럼 느껴졌다. 하지만 이석이 그랬을 리 없다고 단정하면 외려 자신이 지나치게 순진해 보였다.

퇴근길에 효에게 작별 인사를 하러 갔다. 효와 야간 근무라는 특별한 노동을 더는 나눠 가질 수 없어 아쉬웠다.

"더 힘든 일을 하게 된 겁니까?"

무주를 보자마자 효가 대뜸 물었다. 이미 새로 온 담당자에게 들어 알고 있는 듯했다. 무주가 웃었다. 효는 더 묻지 않고 그간 무주 덕분에 덜 적적했다며 손을 내밀었다. 악수를 나누고 돌아서려다 무주는 충동적으로 질문을 던졌다.

"업무 시간에 발생한 일은 다 보안 사항입니다."

효는 단호한 표정으로 대꾸했다. 효를 곤란하게 할 생각은 없었다. 수긍한다는 듯 고개를 끄덕였다.

"그렇지만 우린 친굽니다. 친구끼리는 비밀도 나누고 업무 불평도 하고 상의도 하고 그러지 않습니까."

효가 주위를 살핀 후 영업이 끝난 편의점 쪽으로 무주를 데리고 갔다. 망을 보듯 두리번거려 주위에 아무도 없는 걸 확인하고 입을 열었다.

"누가 봐도 실수라고 보기 어려운 사건입니다. 사람이 둘이나 죽을 뻔했잖아요. 당연히 병원에 큰일이 날 줄 알았습니다. 의사들이 경황없어 하는 것도 다 봤으니까요. 이러다 병원이 망하는 건 아닌가 걱정될 정도였죠. 그런데 아무 일도 안 일어났습니다. 수액 주머니에 일부러 약물을 주입했다는 소문이 파다한데도 말입니다. 제약회사 잘못이라니요. 투약 실수라니요. 어느 제약회사에서, 어느 간호사가 그런 초보적인 실수를 한답니까?"

효가 다시 한 번 주위를 둘러보고 목소리를 더 낮췄다.

"제일 이상한 건 누구도 CCTV 보자는 소리를 안 하는 거예요. 원장님이나 사무장님은 당연히 보자고 할 줄 알았어요. 약품 보관실에 들락거린 사람을 찾아보면 쉽게 해결할 수도 있는 거 아닙니까. 애당초 문제 삼을 생각이 없었던 겁니다.

그걸 보자고 하실까봐 제가 날짜별로 다 백업해 뒀는데도요. 저한테 와서 그걸 보자고 하신 분이 없어요."

"아직 파일이 있습니까?"

"일단 들어보세요. 이상한 일은 그뿐 아닙니다. 그날따라 중환자실에 의사가 한 명 더 배정되어 있었어요. 하필 그날만 왜 당직의가 늘어난 걸까요. 이건 다른 사람들은 잘 모르는 일입니다. 저야 날마다 직원이 어디에 몇 명 배치되었는지 알아보는 게 먼저니까요."

"당직의는 환자 수에 따라 늘기도 하고 줄기도 해요."

"맞습니다. 의도였더라도 아주 자연스러워요. 의심하는 게 이상하죠. 약물도 그렇잖아요. 사람을 죽일 정도로 섞어놓은 건 아니었잖아요."

"그랬죠."

"사람을 죽일 생각은 아니었다는 걸 알고 안심도 했어요. 하지만 CCTV를 보고 나니까 이건 큰일이다 싶었어요."

"뭘 봤는데요?"

"약품 보관실에 들어간 사람요. 약사랑 간호사 말고 그날 거길 들어간 사람은 딱 한 사람이었어요."

"그게 누굽니까?"

효가 무주에게 바짝 다가왔다. 다시 주위를 둘러보고는 무주 귀에 대고 천천히 그 이름을 속삭였다.

8. 배를 타는 사람

다음 날 무주가 출근하자마자 박이 대뜸 환자
명부를 들이밀었다. 병원비 미정산 환자 이름이
적혀 있었다.

"생각해봤어요?"

무주가 박을 쳐다봤다. 호기심 어린 박의 눈빛
을 보고서야 전날 그가 한 말이 떠올랐다. 대꾸
없이 명부를 들고 자리로 가자 박이 못마땅한 듯
큰 소리로 말했다.

"생각을 안 할 거면 몸이라도 움직여야지. 자,
어서 병실로 가요. 병원이 자선 사업 단체는 아니
지 않아? 환자는 치료를 받으니까 돈을 내야 하

고 직원은 월급을 받으니까 일을 해야지."

박이 계속 닦달하는 통에 무주는 자리에 앉지도 못하고 사무실을 나섰다. 박이 무주에게 보호자나 주변 사람들이 동영상을 촬영할 수 있으니 주의하라고 일렀다. 무주를 걱정해서는 아니었다. 동영상이 외부에 공개되면 어떤 반응을 불러올지 뻔했다. 만약의 사태에 대비해 환자 보호자가 자리를 비웠을 때 일을 처리하고 소동이 다른 병실에 알려지지 않게 가급적 재빠르게 조용히 해치우라고 조언했다.

무주는 박이 건네준 커다란 쇼핑백을 달랑 들고 엘리베이터에 올라탔다. 떨리는 걸 감추려고 힘을 주어 주먹을 꼭 쥐었다. 막상 엘리베이터에서 내렸을 때는 힘이 풀려서 잠시 벽에 등을 기대야 했다.

그러고 있는 동안 여러 명의 간호사를 만났다. 모두 무주를 보는 둥 마는 둥 지나쳤다. 무주는 그걸 의식했다. 자신을 지나친 간호사가 결코 뒤돌아보지 않는 것도 확인했다. 그들은 무주가 하려는 일을 몰랐다. 안다고 해도 관심이 없을 것이다. 그럼에도 무주는 자신이 하려는 일을 그들이 죄다 알고 있고 비난하려 든다고 생각했다.

언제까지 그러고 있을 수는 없어서 무주는 우물쭈물 병실 입구로 갔다. 미납 환자는 6인실에 머물고 있었다. 문이 활짝 열린 병실에서 후덥지근한 열기와 텔레비전 소리가 새어 나왔다. 아침 식사가 막 끝난 후여서 그런지 대개는 커튼을 건 채 누워 있거나 보호자나 옆자리 환자와 얘기를 나누고 있었다.

누군가 병실로 들어가며 문가에 서 있는 무주를 툭 쳤다. 그 바람에 무주는 얼결에 병실 안으로 들어섰다. 가운데 병상에 누워 있던 환자가 무주를 힐끔 보았다. 무주는 재빨리 다시 복도로 나왔다. 문가에 붙은 명단을 확인해보니 만나야 할 환자는 문에서 가까운 쪽 병상에 누워 있었다.

무주는 안을 슬쩍 들여다보았다. 이불을 덮지 않은 환자의 팔에 링거가 꽂혀 있는 게 눈에 띄었다. 음식 쟁반이 보호자용 의자에 놓여 있었다. 보식이었는데, 손을 대지 않은 음식도 있었다. 복용 중인 약이 독해서 입맛을 잃었거나 오랜 입원으로 식사에 질렸거나 식사를 도와줄 보호자가 없을 것이다. 보호자가 없다는 것은 무주가 일을 시작해도 좋다는 뜻이었다.

무주는 병실로 들어가 환자 발치에 섰다. 환자의 감은 두 눈이 움푹 패어 있었다. 초췌하고 누런 얼굴이었다. 씻지 않은 머리가 베개에 눌려 넓게 퍼져 있었다. 보호자용 침상에는 얇은 이불이 접혀 있었다. 급하게 벗어둔 것인지 오른쪽 슬리퍼는 보이는데 왼쪽 슬리퍼는 보이지 않았다.

기척을 느낀 환자가 눈을 뜨고 무주를 쳐다보았다. 무주는 얼결에 고개를 숙여 인사했다. 그러자 환자는 심드렁한 표정으로 눈을 감아버렸다. 오랫동안 몸이 아팠고 누군가의 안부를 받는 일이 흔해서 다른 사람의 걱정과 염려, 관심과 배려, 존중을 당연하다 여기는 것 같았다.

비쩍 마른 팔에 여기저기 링거를 맞은 자국과 밴드를 붙였다 뗀 자국이 있었다. 환자의 빈약한 팔 때문에라도 무주는 여기서 그만두어야 했다. 그렇게 하지 않으면 아직 치료가 필요한 환자를 무참히 끌어내야 할 것이다. 그건 무주가 원하는 일이 아니었다.

　일단 원하지 않는 일을 시작하면 끝이 어떻게 되는지 잘 알고 있었다. 점차로 무주는 자신이 배제된 채로 행해지는 일들을 겪을 것이다. 시간이 지나고 나서 자신이 배제된 것이 아니라 바로 그렇게 한 주체임을 깨닫고 경악할 테지만 그때는 늦을 것이다. 한동안 자신이 그 일을 왜 했는지 질문하고 스스로를 비난할 것이다. 무주는 이미 그런 일을 겪었다.

　그럼에도 돌아 나가지 않았다. 왜일까. 그 질문에 답을 찾으려고 무주는 여전히 환자 발치에서 머뭇거렸다. 과거로부터 이어진 몇 가지 장면이 떠올랐다. 어떤 모습도 이 질문의 답이 되지 않았다. 답을 찾을 의지가 없는 것은 아닐까 하고 스스로를 의심하다가 명예를 지키고 싶다는 답을 겨우 생각해냈다.

　대학 병원에 사직서를 낼 때는 누명을 덮어쓴 기분이었다. 관행과 지시를 따랐다고 해도 무주의 잘못이 틀림없는데도 그랬다. 과장은 소문나서 좋을 게 없다고 충고했다. 무주는 금세 그 말을 알아들었다. 더 많은 사람을 연루시키지 말라는 뜻이었다. 병원은 많지만 일할 만한 병원은 얼마 안 된다는 말도 했는데, 그런 곳을 자신이 알고 있다고 했다. 그게 선도병원이었다.

아무리 생각해도 그때와 지금은 달랐다. 무주는 잘못한 게 없었다. 이전처럼 원치 않는 삶으로 내몰리지 말아야 했다. 이번만큼은 모든 걸 자신이 결정하고 싶었다. 그렇게 마음먹으니 아직 치료가 필요한 환자를 병실 밖으로 내모는 일이 어려웠다.

그러나 환자만 두고 생각하자 결정을 내리기 다소 수월해졌다. 환자는 응당 치러야 할 책임을 미루고 병실을 무단 점거하고 있었다. 병원을 이익 추구 기업이 아니라 자선 사업 단체로 여겼다. 병원 입장에서는 공정하지 못한 시각이었다.

그런 생각으로 환자가 덮고 있는 이불을 홱 걷어 올렸다. 병실로 들어오려던 간호조무사가 놀란 듯 입을 손으로 가리고 다시 나갔다. 그 때문에 무주는 자신이 하는 일을 정확히 인식했다.

"누구세요, 왜 이래요?"

환자가 힘없는 소리로 진부하게 물었다. 무주
는 우물쭈물했다. 병실 안의 다른 환자와 보호자
가 일제히 돌아보았다. 무주는 누워 있는 환자에
게서 한발 물러섰다. 주눅 들고 겁에 질려 있던
환자는 잠시 안도감을 비치는가 싶더니 이내 결
기를 모아 무주를 노려보았다. 눈빛에서 증오가
전해졌다. 그럴 힘이 남아 있다면 멱살이라도 잡
을 것 같았다.

　　그는 잠깐이나마 무주가 어떤 관용을 베풀려
들었는지, 아량을 베풀려 했는지는 모른 채, 작은
위협을 가했다는 이유로 즉각적인 분노를 내보였
다. 무주는 당황했다. 그에게 알려주고 싶었다. 자
신이 하지 않은 일과 해야만 하는 일, 할 수밖에
없는 일에 대해서. 물론 환자는 아무런 관심이 없
을 것이다.

　　보호자가 뒤늦게 들어와 의아한 표정으로 무주
를 살폈다. 보호자는 무주 가슴에 붙어 있는 원무
과라는 명찰을 보고 단박에 사정을 알아차렸다.
환자와 달리 겁먹은 표정이었다. 무주를 병실 밖
으로 데리고 나가고 싶어 했다.

이번에 무주는 제 의지로 보호자의 팔을 뿌리쳤다. 병실 사람들이 여전히 자신을 지켜보고 있었다. 달아나고 싶었다. 서둘렀다. 치료를 더 받아야 마땅한 환자의 짐을 꾸리는 일에 가책이 느껴졌지만, 사람들의 매정한 눈을 벗어나는 게 시급했다. 그 눈빛이 어딘가 익숙한 느낌을 준다는 게 무주를 두렵게 했다.

박이 떠안겨준 쇼핑백에 손에 잡히는 대로 물건을 집어넣었다. 얼마 남지 않은 두루마리 휴지와 물티슈, 보호자가 신었을 슬리퍼 한 짝과 냉장고에 있던 작은 병에 든 과일 주스, 입원 당시의 옷과 신발 같은 것을 쑤셔 넣었다. 침상에서 환자의 이름표를 빼고 간호사 호출 버튼을 눌렀다. 링거를 빼라고 하자 간호조무사가 당황한 표정을 지었다.

보호자가 무주를 병실 밖으로 밀어냈다. 주먹질을 하고 욕설을 내뱉었다. 무주가 꿈쩍 않자 전략을 바꿔 울음을 터뜨리고 팔을 잡고 사정했다. 무주는 뿌리쳤다. 묵묵히 할 일을 했다. 환자 몸을 덮고 있던 이불을 복도 끝 세탁실에 가져다 놓았다. 다시 돌아오니 깡마른 환자가 텅 빈 침상에서 수건을 덮고 떨고 있었다. 보호자가 이불 대신 덮어준 모양이었다. 그 수건도 빼앗아 쇼핑백에 넣고 간호조무사를 재촉해 환자 팔에서 주삿바늘을 뺐다. 환자가 무기력하게 제 팔을 지켜보았다.

무주는 환자를 안았다. 환자는 지나치게 가벼웠다. 지푸라기 같았다.

"미안합니다."

환자가 작은 소리로 무주에게 말했다. 그렇게밖에 소리가 나지 않는 것 같았다. 미안합니다. 환자가 다시 숨 죽은 목소리로 말했다. 무주는 아무 말도 하지 않았다. 비로소 자신이 화를 내고 있다는 것을 깨달았다. 다 빼앗길 게 분명한데도 이 사람은 왜 사과부터 할까. 뭐가 미안한 걸까. 이렇게까지 하면서 남고 싶은 걸까. 이렇게 악착같이 구는 이유는 뭘까. 왜 어떤 삶은 굴욕과 함께 지켜내야 하는 걸까.

무주는 복도에 놓인 응급용 간이침대에 환자를 눕혔다. 보호자에게 이것은 사실상 퇴원 조치이며 다시 병실을 얻으려면 수납을 완료해야 한다고 성난 목소리로 통보했다. 보호자는 이제야 가난과 질병을 실감한다는 듯 울음을 터뜨렸다. 여러 차례 경고를 들어왔으므로 납득 못 할 일이 아니었을 텐데도 그랬다. 멍하니 지켜보고 있던 간호사들은 무주가 환자의 물건이 담긴 쇼핑백을 간이침대 옆에 두고 가버리자 크게 숨을 내쉬었다.

복도가 유난히 길었다. 쫓기는 것처럼 보이지 않으려고 천천히 걸었다. 무주는 자신이 한 일을 놀라울 정도로 자각했다. 죄책감이 들지 않아 당혹스러웠다. 환자를 복도에 두고 돌아서는 순간 안도감이 느껴질 정도였다. 처음의 두려움과 달리 자신에게 그다지 분노하지 않았고, 심지어 별 가책 없이, 위엄을 부리며 병상을 치웠다.

뒤쪽에서 익숙한 발걸음 소리가 들렸다. 바닥을 질질 끄는, 깊은 곳으로 억지로 끌려가는 듯한 소리. 이석의 발걸음 소리였다. 무주는 엘리베이터를 그대로 지나쳐 애당초 목적했다는 듯 비상계단 쪽으로 갔다. 이석과 함께 엘리베이터를 타는 게 곤혹스러웠다. 이석은 왜 입원 환자 병동에, 그것도 주로 장기 입원 환자가 머무는 6층에 나타난 것일까. 자신을 지켜보고 있었던 걸까.

육중한 비상계단 문을 닫자 발걸음 소리는 더 이상 들려오지 않았다. 무주는 닫힌 문에 기대서 서 잠시 숨을 돌렸다. 숨을 고르고 나니 이석이 이런 곳에 나타날 리 없다는 데 생각이 미쳤다.

천천히 문을 열어 복도를 살펴보았다. 여느 때 와 마찬가지로 방문객과 보호자가, 느릿한 환자 와 분주한 간호사가 조용히 오가고 있었다. 이석 은 없었다. 무주가 내쫓은 환자의 울음이나 보호 자의 절규도 없었다.

"뭘 어떻게 한 거야?"

사무실로 들어서자 박이 대뜸 소리쳤다.

"간호사들이 아주 난리가 났던데."

무주는 대꾸 없이 자리에 앉았다. 박이 다가와 격려하듯 무주의 어깨를 두드렸다. 무주는 두텁 고 축축한 박의 손을 뿌리치지 않았다. 굴복한 기 분이 들지 않는 게 이상했다. 앞으로 자신은 아픈 사람에게 악랄하게 구는 일을 해야겠지만, 기어 이 푼돈이나 받아내겠지만, 그렇게까지 해야 하는 것에 화가 나지 않았다. 이미 더한 일을 저지른 기분이었다.

박이 자리로 돌아가고 나서 무주는 슬쩍 일어나 사무실을 나왔다. 무주는 평소 박과 같은 인간을 경멸해왔다. 직장에 안착하는 것으로 인생의 정점에 도달했다고 믿는 사람. 착실히 월급을 받아 연금을 붓는 것 외에 별다른 욕심을 내지 않고, 지식이나 이해력을 넓힌다든지 인격을 함양한다든지 하는 욕망은 아예 품지 않는 사람. 특별한 성취와 성과, 재능 없이 지내면서 급여로 간신히 소액 저축을 하고, 퇴직한 후에는 자식들에게 넌더리가 나는 부모가 되어 늙어갈 게 분명한 부류의 사람. 이제 겨우 마흔 중반에 그리된 것을 생각하면 한심하기보다 애처로웠다.

그러나 무주는 그들의 인생을 애틋해 할 자격이 없었다. 무주의 인생보다 그들의 인생이 나았기 때문이다. 적어도 그들은 노골적으로 비리를 저지르거나 치료가 필요한 환자를 병상에서 손수 쫓아낸 적이 없었다.

딱히 갈 데가 없었으나 그걸 결정할 필요도 없

어졌다. 복도 끝에서 기다렸다는 듯 이석이 나타
났다. 피할 겨를도 없었다. 피하려는 것을 알아채
지 않을까 걱정될 정도로 가까운 거리였다. 이석
이 간단히 손을 들어 무주에게 인사했다.

"일은 어때?"

"할 만합니다."

이석이 이 일로 바라는 건 뭘까. 무주가 무자비
하고 악랄해짐으로써 자신에 대한 고발이 무의미
해지기를 바라는 것일까.

"힘들겠지만 부탁하네. 성과가 바로 자본금이
되는 일은 흔치 않아."

이석이 무표정하게 말했다. 무주에게는 웃는
것처럼 보였다. 마음이 편해졌다. 이석을 경멸하
지 않으려 애쓸 필요가 없어져서였다. 무주는 이
석의 눈을 들여다보았다. 나쁜 사람은 아니었다.
지나치게 필사적일 뿐.

지나쳐 가려는 무주에게 이석이 다시 말을 걸
었다.

"그런데 지난번 질문에 아직 답을 못 들었어."

"무슨 질문이오?"

"병원이 좋으냐고 물었잖아."

"좋습니다."

무주는 이석을 똑바로 쳐다보았다. 이석에 대한 반감과 달리 솔직한 대답이었다.

"왜지?"

"병원 밖이 더 싫어서요."

무주는 언젠가 이석이 했던 말을 따라 대꾸했다.

"에이, 병원이 왜 좋으냐니까."

"약도 주고 병도 주니까요."

"하하, 제대로 알게 됐군. 전에 자네가 나한테 자주 물었지. 병원이 왜 좋으냐고."

"돈을 줘서 좋다고 하셨죠."

"그랬지. 지금도 그렇고."

"집이 싫어서라고도 하셨어요."

"지금도 마찬가지야. 그래도 나는 이인시를 좋아해. 나한테 어울리는 곳이거든."

"예전엔 어땠는지 모르지만 지금은 많이 달라졌잖아요."

"그래서 하는 말이야. 아무것도 남지 않아서."

"아직 충분히 남은 것 같은데요, 뭘."

무주가 이기죽거렸다.

"확실히 예전 이인시보다 지금이 내겐 잘 어울려. 나는 배를 타는 사람이 되고 싶었지, 배를 만들고 싶지는 않았어. 그런데 여기 사람들은 다 배 만드는 일을 했어. 배를 만들거나 배 만드는 사람에게 밥을 해주거나 술을 팔거나 그 사람들에게 방을 빌려줬지."

"배가 없어질 줄 몰랐겠죠."

"덩치가 클수록 없어진다는 걸 상상하기 힘드니까."

"왜 배 만드는 일이 싫었습니까?"

"배를 타는 사람은 어디로든 가게 되지만 배를 만드는 사람은 평생 독에만 있을 테니까."

"어디로 가고 싶으셨는데요?"

"나야 뻔하지."

뻔하다는 답을 여러 가지로 상상했지만 짐작할 수 있는 게 별로 없었다.

"아이한테 가야지."

"아이요?"

무주가 깜짝 놀라 되물었다.

"아이는 어때요? 좀 괜찮아요?"

무주가 떠보았다. 소식을 전하던 김의 비통한 표정이 아직도 생생했다.

"여전해."

이석이 어깨를 으쓱해 보이고는 등을 돌려 정문 쪽으로 걸어갔다.

병원 뒤뜰로 나온 무주는 천천히 커피를 마시며 이석의 말을 되새겼다. 지금도 이석의 아내는 병원 근처 고시원에 머물며 아이를 돌보고, 이석은 주말이면 여전히 팔팔이라 불리는 올림픽대로를 타고 아이를 보러 간다는 뜻이었다. 상황이 호전되지 않았는지 여전히 병원에 있는 모양이지만 그래도 이석의 아이는 살아 있었다. 누운 채로 조금 더 자라기도 했을 것이다. 다행이었다.

어째서 이석의 아이가 죽었다는 소문이 퍼진 것일까. 이석이 나타나지 않아 누군가 막연히 추측하고 그 추측이 떠돌다 사실로 굳어진 것일까. 후련했다. 무주는 자신 때문에 아이의 치료가 중단됐을까봐, 자신이 아이를 죽게 했을까봐 겁이 났었다.

　속이 아리도록 진한 커피를 다 마신 후에야 무주는 크게 한숨을 내쉬었다. 그 깊은 숨 때문에 무주는 이석의 아이가 살아 있다는 사실에 배신감을 느낀다는 것을 깨달았다.

9. 18층

    며칠 지나지 않아 원장이 경찰의 도움 없이 헤파린 사건을 마무리하고 간호사의 잘못으로 돌린 것을 의료진에게 사과했다. 원장은 해고한 간호사를 복직시키겠으나 증거를 확보할 시간이 지났으므로 재조사는 불가능하다고 못 박았다. 의료진 역시 결과적으로 아무런 피해도 입지 않은 사건의 범인을 찾는 일에 전력을 다할 필요는 없다고 여겨 수긍했다. 취임 후 의료진 처우가 개선되어 원장에 대한 호감도가 조금 높아진 까닭이었다. 환자 수도 조금씩 늘었다. 대개 요양이 필요한 노인이었다. 직원들은 이석이 복귀한 덕이라고 하면서도 역시 삐끼답다고 이기죽거렸다.

무주는 원장의 처사를 전해주려고 퇴근길에 효를 만나러 갔다. 사건이 다시 부각되면서 병원 내에 이런저런 소문이 돌았는데, 대개 이전 원장을 견제하려고 사무장이 벌인 일이라는 식이었다. 추측일 뿐이었지만 결과적으로 그 일이 사무장과 사이가 좋지 않던 원장이 교체되는 계기가 된 건 분명했다.

그런 얘기가 들려올 때마다 무주는 효가 한 말을 상기했다. CCTV를 확인한 효는 간호사와 약사를 제외하고 그날 약품 보관실에 들른 유일한 인물이 사무장이라고 했다. 효는 그것을 사무장의 짓이라는 증거라고 확신했다.

그 말을 곧이곧대로 믿은 건 아니었다. 효 역시 처음부터 특정한 사람과 이 일을 연관짓지 않았다. CCTV는 약품이 든 서랍장을 바라보며 등을 돌린 사무장만 보여주었다. 등을 돌린 상태로 무엇을 하는지는 보이지 않았다. 약품 보관실을 출입한 것과 잠시 머무른 것으로는 혐의를 물을 수 없었다. 무엇보다 사무장은 병원 이곳저곳을 무람없이 드나들었다. 그날따라 유별난 일을 한 게 아니었다.

무주는 여전히 이석이 저지른 짓이라고 가정했다. 이석은 이전부터 약사들과 약품 재고가 맞지 않는 일을 두고, 누군가 약을 가져다가 비료로 쓰는 게 아니냐고 농담을 했다. 병원 앞 화단이 사시사철 무성한 게 없어진 약품 탓이라며 웃었다. 무엇보다 그 일이 아니었다면 이석의 비리가 적극적으로 파헤쳐졌을 것이다. 다시 병원으로 돌아올 계기를 찾지 못했으리라는 의미였다.

그러나 이석을 통해 배후가 밝혀질 것을 감안하면 효의 말대로 사무장도 의심할 만했다. 한편으로는 이석과 사무장 중 범인이 누구인가를 따지는 건 별 의미가 없어 보였다. 그래도 무주는 내심 이석 쪽이었으면 했다. 이석이 도모한 일이어야만 그의 비리를 고발한 무주로서 다소 마음이 편해졌기 때문이다.

경찰 수사를 하지 않겠다는 원장의 말을 전하자 효는 당연하다고 했다. 그런 일의 범인은 경찰이 잡는 게 아니라면서.

"경찰이 안 하면 누가 합니까."

"경찰은 의학 지식이 없어요. 경찰한테 왜 인슐린이 문제인지, 하필 헤파린인지 이해시키려다 보면 증거가 삭아 없어질걸요."

"방법이 있을 거예요. 경찰들은 거짓말탐지기를 쓰기도 하니까요. 의혹이 있다면 조사해야죠."

"거짓말탐지기는 의미가 없어요. 듣자 하니 그 기계로는 거짓말과 진실을 분간해낼 수 없답니다. 맥박의 변화나 알 수 있대요. 그건 노력하면 충분히 통제가 가능하고요. 약물을 섞어서 어떤 효과를 노릴 줄 아는 사람이라면 전기 신호의 변화도 통제할 수 있을 겁니다. 그걸 도와주는 약물이 있다고 들었어요. 뭐라고 하더라."

"베타 차단제나 혈관 확장제가 있어요. 전기 신호를 통제하는 데 도움을 줘요."

"맞아요. 그런 약물이오. 그걸 안다면 영 어려운 일도 아니죠. 진짜 문제는 병원이에요. 병원에서 아무것도 하지 않으려고 해요. CCTV도 통하지 않을 겁니다. 약품 보관실에 머물렀던 것으로는 혐의를 물을 수 없으니까요. 그렇지만 다들 너무 손을 놓고 있으니까 잡지 못하는 게 아니라 잡지 않는 거라는 생각이 들어요. 간호사도 안 도와줄 겁니다. 복직도 되고 명예도 회복된 마당에 왜 무리하겠어요. 가끔 실수가 있고 그날따라 안경을 안 쓰고 있어서 유통과정 중에 잘못된 약물이라는 걸 확인하지 못했다고 해버리면 다 끝나는데요."

"할 수 있는 게 없군요."

"있을 겁니다. 허점이 있죠. 병원의 특성상 많습니다."

"병원의 잘못을 밝히는 건 힘들어요."

"가능한 게 있어요."

"뭡니까?"

효가 무주를 찬찬히 보았다.

"다들 무주 씨를 따돌리는 이유가 뭘지 생각해봤습니다. 내키지 않는 걸 혼자 알고 있기 때문 아닐까요?"

무주는 웃었다. 자신이 아는 건 아는 게 없다는 사실뿐이라고 대꾸하려는데 그러지 못했다. 응급실 벨이 울리고 한 무리의 교통사고 환자가 어수

선하게 들어섰다. 효는 힐끔 무주를 돌아본 후 서둘러 그쪽으로 달려갔다.

무주는 병원을 나서려다 어둠에 잠긴 복도 끝의 약품 보관실로 가보았다. '관계자 외 출입 금지'라는 글자가 적힌 아크릴판이 문 중앙에 붙어 있었다. 부착된 위치와 크기 때문에 금지의 명령이라기보다는 권고 사항처럼 보였다.

약품 보관실은 근무 시간이 끝나 문이 잠겨 있었다. 근무 중이었다면, 마음만 먹는다면, 약사와 무람없이 인사를 나누는 사이라면 언제고 드나들 수 있었다. 이석이나 사무장이 그랬던 것처럼.

이석은 아프다는 직원에게 제가 가지고 있는 약을 곧잘 내주곤 했다. 두통 때문에, 소화가 잘되지 않아서, 갑작스러운 복통이라면 약사에게 부탁하는 대신 이석에게 말하고 약을 받았다. 그게 빠르고 간단했다. 이석이 준 약으로 충분했다. 그 약들이 어디서 나온 건지 한 번도 궁금하지 않았다는 게 지금에서야 이상했다.

무주는 모두 퇴근해 어두컴컴한 사무실로 돌아갔다. 자리에 앉아 컴퓨터를 작동시켜 약품 관리

프로세스에 접근했다. 공식적으로 보안 사항이지만 야간 근무자에게는 패스워드가 공유되고 있었다. 밤에도 약은 필요하고 응급실 담당 간호사가 바쁘면 야간 근무자가 도와줘야 했으니까. 전문의의 허가가 필요한 경우에도 마찬가지였다. 의사의 아이디와 패스워드는 공개된 정보나 마찬가지였다. 규모가 작은 병원에서 매사 조직적이고 합리적인 운용을 기대하기는 힘들었고 그러다 보니 정보의 보안이 사실상 불가능한 상태였다.

사고가 있던 무렵의 약물 보관 기록을 살펴보았다. 수액 주머니에 약품이 삽입되었다면 기록상 오차가 있어야 하는데, 전혀 그렇지 않았다. 구매량과 사용량, 재고량이 정확히 일치했다. 기록만 보면 의심 가는 일이 하나도 없었다.

그러나 기록은 애초 믿을 수 없었다. 이미 경험으로 알고 있는 사실이었다. 숫자를 바꿔 균형을 잡는 일은 간단했다. 기록에 의지해 실제 약물 사용량을 추정하는 건 불가능했다. 그 이상을 알고 싶다면 스스로 해야만 했다. 환자 차트를 일일이 검토해서 의사 처방 내역을 확인하고 과잉 사용된 내역을 밝혀야 했다. 단숨에 파악하기 불가능한 일을 마주하고서야 무주는 자신이 이 일에 왜 이렇게 집착하는지 의아해졌다.

발걸음 소리가 나는가 싶었는데 갑자기 사무실에 환하게 불이 켜졌다.

"요즘에도 야근을 하는 사람도 있군요."

사무장이었다. 이석도 함께 있었다. 저녁을 먹으며 술이라도 한잔했는지 둘 다 얼굴이 붉었다.

병원에서 사무장을 보는 건 오랜만이었다. 그는 요즘 거의 날마다 각지를 돌며 투자 설명회를 가졌다. 투자액이 목표치에 근접했다는 희망적인 말이 종종 들려왔다. 이인시가 노인복지사업을 정책 사업으로 선정하면서 거액의 지원금을 받았다는 기사가 얼마 전 의료 신문에 크게 보도되기도 했다. 고무적인 일이라며 원장이 직접 인트라넷을 통해 그 사실을 알렸다.

"새로운 분야에 관심이 생긴 모양이군."

가까이 다가온 이석이 슬쩍 무주의 모니터를 들여다보고 말했다. 쌀쌀한 목소리였다.

"요즘 활약이 대단하다면서요?"

사무장이 느물거리는 투로 말했다.

"생각해보니 무주 씨를 소개받을 때도 그런 말을 들었어요. 시키는 일은 뭐든 척척 해낸다고 합디다."

이석은 사무장의 말이 무슨 뜻인지 알고 있는 것 같았다. 그 때문에 무주는 그들이 자신에 대해 많은 걸 알고 있음을 깨달았다. 사무장이 무주를 구매 담당으로 배치하고, 선임도 아닌 이석이 내내 업무를 도와준 것은 그 때문이었다. 거대한 거짓말에 속은 기분이었다. 그렇기는 해도 기만당한 기분을 느끼는 건 옳지 않았다. 작정하고 무주를 속인 사람은 아무도 없었다.

사무장이 "계속 잘 부탁해요"라고 말하고 사무실을 나갔다. 이석이 사무장의 뒤통수를 빠히 쳐다보다가 고개를 돌려 무주를 보았다. 무주는 이석을 마주 보았다. 적의가 느껴지지 않기를 바랐으나 자신 없었다.

이석이 굳은 표정으로 담배나 한 대 피우고 오자고 했다. 무주는 앞서 걸어가는 이석을 따라 힘없이 걸음을 옮겼다.

병원 뒤뜰은 텅 비어 있었다. 7층 건물 곳곳에서 불빛이 새어 나오고 가로등도 여럿이어서 그다지 어둡지 않았지만 차가 한 대도 세워져 있지 않은 흰 주차선 위로 창살처럼 뻗은 나무 그림자는 무서울 정도로 시커멨다.

"한 간호사가 말이야."

담배 연기를 내뿜으며 이석이 입을 열었다. 본래 금연 구역이지만 흡연하는 야간 근무자들이 담배를 피우고 싶을 때면 이곳에서 몰래 피웠다.

"깊이 잠들어 있는 환자를 막 깨웠어. 수면제를 먹어야만 겨우 잠드는 환자였는데 그날따라 아주 잘 자고 있었는데도 말이야. 환자가 간신히 눈을 뜨고 간호사한테 물었지. '왜 깨웁니까?' 간호사가 뭐라고 했겠어?"

무주는 잠자코 있었다. 이석에게 병원 농담을 듣는 것도 퍽 오랜만이었다.

"수면제 먹을 시간입니다, 그러더래."

이석이 웃기 시작했다. 눈물이 맺힐 정도로 크게 웃었다.

"아무리 깊이 잠들어도 소용없어. 병원에서는

수면제를 먹어야 할 시간이 되면 자든 말든 일단 수면제를 먹어야 해. 환자가 약 없이도 잘 자는지는 중요하지 않아. 병원에서 중요한 건 규칙뿐이지."

"그게 안 지켜지니까 문제지요."

"아니지, 무척 잘 지켜지고 있어. 규칙이 곧 기록이니까. 구매나 투약, 처방, 입·퇴원, 수술, 치료 과정 다 기록으로 남아. 기록상으로 문제가 없으면 괜찮은 거야. 만약에 간호사가 헤파린을 잘못 주입했다고 쳐봐. 그런 일을 몇 번이나 저지른다고 해도 간호사는 조심성 없는 사람으로 보이는 게 다야. 그 때문에 누군가 죽었다고 해도 말이야. 그 간호사는 환자를 죽였기 때문이 아니라 근무 태도 불량이나 업무상 과실로 병원에서 쫓겨나. 그게 병원이야. 윗사람들은 병원 평판이 나빠질까봐 걱정하면서 소문내지 않고 그냥 넘어가겠지."

"개소립니다."

"맞아, 개소리. 거짓말이 아니라 개소리지."

"그게 그거죠."

"아까 저녁을 먹을 때 사무장이 재미있는 얘기를 하더군. 거짓말은 들통나면 욕을 먹지만 개소리는 비웃음을 당한다고. 허풍이 많은 사람은 우스꽝스럽긴 해도 나쁜 사람은 아니라는 말을 듣는다는 거야. 어때? 정말 그런 것 같지 않아? 내가 생각하기에 사무장은 거짓말쟁이도 허풍선이도 아닌 사기꾼인데, 스스로는 허풍이 많은 쪽이라고 주장하더군. 진작부터 허풍선이였던 나한테는 오히려 거짓말쟁이라고 몰아붙이면서 말이야. 자네가 보기에 나는 어느 쪽인 것 같아?"

"왜 그랬어요?"

"자네하고 할 만한 얘기는 아니야."

이석이 웃음기 없이 대꾸했다.

"확실한 건 그 돈이 어디로 갔는지 나는 전혀 모른다는 거야."

이석이 무주를 보며 미소 지었다. 무주도 마주 웃었다. 둘 다 웃는 얼굴이었지만 무주는 그 웃음이 서로를 조금도 믿지 않는다는 사실을 숨기기 위한 것임을 의식했다. 과거의 무주와 지금의 이석이 같은 처지라고 해서 이석에게 연민이 느껴지지는 않았다. 이석이 비겁해 보였다.

"나하고 되게 친한 형이 있었어. 조선소에서 일하던 형이었지. 내가 말했잖아. 아는 사람들은 죄다 배를 만든다고. 그 형 소변에 피가 섞여 나왔어. 겨우 50대 중반에 말이야. 여러 가지 검사가 필요한 상황이었어. 형은 주저 없이 선도병원으로 왔지. 병원, 법원, 세무서는 꼭 아는 사람이 있어야 한다고 생각했거든. 병원에 아는 사람이라고는 겨우 나뿐이니까 이제 막 개원한 병원인데도 굳이 이리로 온 거야. 내가 전문의한테 부탁했어. 의사들이 나 같은 놈 부탁에 신경이나 쓰나. 그래서 환자를 좀 몰아줬지. 그제야 의사가 회진할 때 형한테 말도 좀 시키고 설명도 잘해주고 그러더군. 절개를 최소화하는 내시경 시술을 했어. 시술은 잘됐어. 곧 문제가 생기기는 했지만. 시술 후에 복부가 팽창한 거야. 방광에 천공이 생겼을지도 몰라 배에 구멍을 뚫어야 했어. 그런데 호흡 곤란이 왔어. 장폐색도 오고. 일주일 만에 죽었어. 아들이 의사 멱살을 잡더군. 한창 그럴 나이였거든. 새파랗게 젊었지. 부검을 의뢰하겠다고 했어.

경찰에 고발한다면서……. 자기 아버지가 그렇게
죽을 리 없다는 거야."

이석이 한동안 말을 잇지 못했다. 담배 한 대를
천천히 다 피우고 나서 다시 입을 열었다.

"식구들은 다 그렇게 생각해. 자기 가족이 그렇
게 죽을 리 없다고……. 하지만 다 그렇게 죽어.
조용히 숨이 잦아들고, 곁에 있는 가족하고 눈도
못 마주치고, 작별 인사 한마디 못 하고, 내민 손
도 못 잡아주고, 고맙다 미안하다 사랑한다 말도
못 하고, 갑자기 그렇게 가느다란 숨이 꺼져."

이석이 다시 담배에 불을 붙였다. 어둠에 물든
이석의 얼굴에 잠깐 빛이 스몄다. 우울해 보였다.

"아버지가 죽고 그 녀석, 지독하게 굴었어. 그
런 일은 특별히 누군가의 잘못으로 보기 어려운
데도 말이야. 건달이었거든. 동네 여기저기서 행
패나 부려댔지. 아버지가 죽고 나서는 허구한 날
병원으로 찾아왔어. 의사한테 말해봤자 소용이
없으니까 원장한테 가더라고. 원장이, 그 개새끼
가 고소하고 싶으면 하라고 쌍욕을 하면서 경찰
을 부르데. 원장이야 병원을 상대로 이기는 게 얼

마나 어려운지 잘 아는 사람이니까 무서울 게 없었지. 병원처럼 큰 조직하고 싸우려면 말이야, 얼마나 부당한 일을 겪었는지 스스로 증명해내야 해. 용감한 녀석이니까 재판을 시작했어. 나야 당연히 말렸지. 내 말도 안 들었어. 처참하게 졌지. 소송비에 병원비, 체납 이자까지 물어야 했어. 순식간에 빚쟁이가 됐지. 내가 원장한테, 그 개새끼한테 고개를 숙여 사정했어. 무릎도 꿇었어. 들은 척도 않더군. 그런데 사무장이 도와줬어. 병원비 체납에 따른 고소를 취하해줬어. 녀석한테 일자리도 줬어. 물론 조건이 있었지. 내가 해야 할 일이 생긴 거야. 그렇게 했지. 나만 눈 감으면 되는 일이라고 생각했어."

"할 일이 뭐였어요?"

"잘 알고 있잖아. 돈을 만드는 일이지. 한정된 자원으로 돈을 모으려면 방법이 없어. 천재가 아니면 타락해야지. 재미없는 얘기지. 그보다는 그 녀석이 일자리를 얻고 나서 어떻게 됐는지 안 궁금해? 일이라는 게 되게 중요해. 그 후로 사람이 나아졌거든. 말수도 줄고 점잖고 책임감도 생기고 듬직해졌어."

병원 쪽에서 어두운 그림자가 나타났다. 그림자가 이쪽으로 가까이 오고 나서야 무주는 효라는 걸 알아차렸다. 효가 천천히 무주 앞으로 다가왔다. 그때까지도 무주는 효 역시 그저 담배나 한대 피우려고 나왔겠거니 생각했다. 이석이 방금 말한 사람과 효를 연관 짓지 못했다.

"그 녀석은 마음이 좀 약해. 아버지 대신 나를 너무 의지하게 됐어."

효가 무주에게 처음 본다는 듯 고개를 숙여 인사했다. 무주는 깍듯한 인사에 겁에 질려 한 걸음 물러섰다. 어둠에 가려 효의 얼굴이 시커메 보였다. 효가 이석과 친밀한 사이인 줄 알았다면 무주는 행운을 빌어주고 얼른 발을 뺐을 것이다.

"자네가 효와 얘기를 나눠봐도 좋겠다 싶었지. 둘이 잘 통할 것 같았어."

효가 벽처럼 무주 앞을 가로막았다. 무주는 엉겹결에 한 걸음 물러섰다. 효가 한 걸음 앞으로 와서 둘의 거리는 좀처럼 멀어지지 않았다.

"이제는 사교나 하고 있을 시간이 없어. 그건

어린애들이나 하는 거지. 자네한테 질문은 하나뿐이야. 알고 있는 게 뭔지 궁금해."

"없습니다."

"내 말은 그게 아니야."

"사무장이 불법, 비리 다 바로잡아보자고 했어요."

"그래, 그랬을 거야. 그런 게 필요했을 테니까. 그렇지만 내 말은 그게 아니야. 자네가 알고 있는 게 뭔지 물었어."

효가 눈을 부릅뜨고 무주에게 다가왔다. 그림에 그려진 눈처럼 검고 움직임이 없었다. 무주에게 고정된 그 눈에 아무런 악의가 보이지 않아 오히려 무서웠다. 어쩔 수 없이 무주는 다시 한 걸음 뒤로 물러섰다. 차가운 외벽이 닿았다. 이제는 물러설 데도 없었다. 효는 무주와 틈을 두지 않고 서서 무주를 내려다보았다. 효가 내쉬는 숨이 정수리에 와 닿았다. 이석이 한쪽 다리를 천천히 끌고 무주에게 가까이 왔다.

"병원이 발칵 뒤집힐 얘기라고 했다더군. 조심하라면서 말이야."

이석의 표정이 잘 보이지 않았지만 자비심이 없다는 게 느껴졌다.

"지금 우리한테는 그게 필요해. 자네가 알고 있는 사실."

"없습니다."

긴장 때문에 탁한 목소리가 튀어나왔다. 다행히 이석에게 느끼는 경멸이 말투에 온전히 담기지 않았다. 무주는 겁먹지 않으려고 이석을 뚫어지게 응시했다. 이석은 가끔씩 편안한 표정으로 무주를 슬쩍 보는 게 고작이었다.

"내가 가장 후회하는 일이 뭔 줄 알아? 자네를 위원회에 가도록 한 거야. 자네는 내 농담을 제일 잘 받아줬는데……. 우린 죽이 잘 맞았지. 이인시는 이인실, 쌍문동에 쌍둥이, 삼성동에 세쌍둥이, 사당동에 네쌍둥이……. 사무장이 자넬 지목할 때 말렸어야 했어. 대학병원에서 이직한 사원의 의견이라면 의사들한테 먹힐 거라나. 그게 돈이 어마어마하게 드는 신축과 관련한 거라도 말이야."

효가 뒤로 물러서는가 싶더니 무주의 멱살을

192

잡으려 손을 뻗었다. 이석이 고개를 흔들었다. 효가 곧 손을 내렸다.

"자네가 안다는 게 뭔지 말해주면 좋겠어. 부탁하는 거야."

"정말 아는 게 없습니다. 다 거짓말이에요."

고개를 푹 숙였다. 잘못을 고백하는 기분이었다. 그렇게 말할 때의 자괴감을 오랫동안 잊지 못할 것 같았다.

"내 말은 그게 아니잖아. 모르는 걸 물은 게 아니야. 알고 있는 걸 물었어."

이석의 목소리는 속삭임에 가까웠다. 무주는 그 순간만큼 자신이 뭔가 알고 있었으면 좋겠다고 간절히 바란 적이 없었다. 무엇이라도 털어놓고 싶었다. 아는 것을 다 얘기하고 이 자리를 벗어나고 싶었다. 그저 으스댄 것임을, 모른다고 말하기 싫었을 뿐임을, 동료들에게 무시당하지 않으려고 내뱉은 말임을 이석이 믿어주길 바랐다.

"내가 계속 잘못된 질문을 하고 있군."

이석이 효를 물러서게 하더니 무주 앞에 섰다. 무주는 자신을 빤히 쳐다보는 이석을 마주 보았다. 45년간 이석의 내면을 다양하게 반사했을 얼굴, 그 얼굴에서 아무것도 알아차릴 수 없다는 게 기이하게 느껴졌다. 혐오가 솟구쳤다. 이석이 아니라 스스로에게. 지금 가능한 대답은 '안다'와 '모른다'뿐이었다. 질문이 바뀌지 않는다면 짐작한 것은 말할 수 없었다.

"접근할 수 있는 자료가 없어졌어. 이미 다 삭제해버렸어. 더는 방법을 찾기 어려워졌지."

이석이 표정 없이 말했다. 뭔가를 감추려고 무표정을 가장한 것인지, 아무것도 감추지 않은 것인지 헷갈렸다.

"미안합니다."

무주가 사과했다. 그래야 할 것 같았다. 곤란에 빠진 건 자신이 아니라 이석처럼 보였다.

"미안해할 것 없어. 나는 그저 용접공에 지나지 않으니까."

"용접공이오?"

"처음이지만 끝은 아니라는 말이야. 모두 같은 처지가 될 거야."

"다 망한다는 겁니까?"

"예전에 어떤 영화를 봤는데 말이야. 불이 나서 그랬나, 하여튼 18층에서 사람들이 죄다 뛰어내렸어. 그런데 다친 사람이 하나도 없었어. 왜 그랬을 거 같아?"

"안전시설이 있었겠죠."

"다 죽었어."

무주는 깜짝 놀라 이석을 쳐다봤다. 이석은 어둠이 완전히 잠식한 병원 건물을 바라보고 있었다.

"우리는 지금 18층에 있어. 애당초 안전시설 같은 건 없어. 그러니 자네가 자책할 필요도 없지."

이석이 우울한 얼굴로 고개를 돌려 말을 이었다.

"자네는 돌아가는 게 좋을 거야 생각해보면 그렇게 특별한 일이 벌어진 건 아니야. 사람은 언제나 다른 사람의 것을 빼앗잖아. 그게 전부지."

그렇게 말하고 이석은 병원 쪽으로 걸어갔다.

효가 무주에게 다가왔다. 이석에게 달려들지 못하게 막아서는 거라 생각해서 무주는 움찔했다. 효는 거리를 두고 침울하게 서 있었다. 위협을 가하려는 기색은 없었다. 고요에 가까운 공기가 무주와 효 사이를 천천히 흘러갔다. 얼마간 시간이 흐르자 효가 무주에게 목례를 하고 묵묵히 돌아섰다. 무주는 효의 등이 보이지 않을 때까지 꼼짝 않고 어둠 속에 서 있었다.

환자가 있는 방에는 여전히 조도가 낮은 불이 켜져 있었지만 어둠이나 다를 바 없었다. 무주는 미끄러지듯 바닥에 주저앉아 냉기 흐르는 벽에 등을 기댔다. 얼마가 지났을까. 다리가 저리기 시작하고서야 몸을 움직였다. 오랫동안 같은 자세로 있어서인지 똑바로 서기까지 시간이 걸렸다.

이석은 돌아가라고 했다. 어디로 돌아가라는 말일까. 무엇보다 경고를 하는 시점으로 왜 지금을 택한 걸까. 무주가 비열해지기를 기다린 걸까. 자신이 우월감을 느낄 때, 끔찍한 말로 공격할 기회를 엿보면서 으스댈 수 있을 때를 기다린 걸까.

무주는 아무도 없는 병원 뒤뜰을 지나 정문 쪽으로 갔다. 응급실에 환자가 들어오려는지 벨이 울리고 있었다. 제복을 입은 효가 문으로 뛰어나오다가 무주를 알아차리고 주춤했다. 효와 무주

는 잠시 서로를 쳐다보았다. 효가 곧 시선을 돌려
유리문을 활짝 열어젖히고 구급대원을 도와 침
대를 밀었다. 그 태연하고 일관된 모습을 보면 곧
무슨 일인가 벌어지리라는 걸 짐작하기 어려웠다.

10. 골리앗 크레인

　방향을 정하지 않고 익숙한 길로 걷다 보니 어
느덧 중앙로였다. 은행 간판을 단 파란색 건물과
퇴색한 깃발을 내건 우체국, 손님이 뜸한 음식점
과 간판이 오래된 아웃도어 브랜드들을 지나쳤
다. 낮 동안 사람들이 끊임없이 오갔을 텐데도 인
적 드문 길을 지나자 무서움이 느껴졌다.

　거리에 희미하게라도 불을 밝힌 가게는 술집뿐
이었다. 술집들도 난처하긴 마찬가지였다. 유리
창으로 들여다보이는 내부는 대개 텅 비어 있었
다. 일할 데라곤 없는 도시인데도 간혹 거리에서
마주치는 행인은 하루 종일 노동에 시달린 얼굴

이었다.

한때는, 오래전이었겠지만 이 근방에서 '바다의 날' 기념식이 열렸다. 시 이곳저곳에 정부의 무책임을 성토하는 플래카드가 난잡한 가운데 '바다의 날'을 기리는 때 탄 플래카드가 그대로 남아 있었다.

상가 밀집 지역을 벗어나자 아직 철거되지 않은 골리앗 크레인이 보이기 시작했다. 이인시에서는 어디에서나 이 크레인을 볼 수 있었다. 건물이나 나무에 가려 보이지 않는 사각지대가 있기는 해도 조금만 벗어나면 모습을 드러냈다. 백 미터가 넘는, 세계에서 가장 크고 높은 크레인이라고 했다. 한때 이인시의 자랑거리였지만 지금은 고철이 되어 허공을 불길하게 가르고 있었다.

처음 이인시 터미널에 내렸을 때 가장 먼저 눈에 띈 것도 천 톤이 넘는 몸체로 위태롭게 서서 이인시를 내려다보던 이 크레인이었다. 무주는 탄성을 내질렀지만 아내는 금세 시선을 돌렸다.

나중에 무주는 선도병원 사람들에게 크레인은 왜 아직도 남아 있는 거냐고 여러 차례 물었지만 그들은 모르겠다는 듯 어깨를 으쓱 들어 올리고는 그만이었다. 시간이 지나고 나서야 무주는 이곳 사람들이 어떤 일에 대해서는 전혀 화제로 삼지 않는다는 것을, 생각하고 싶지 않은 주제를 가지고 있다는 것을 알아차렸다.

크레인 쪽으로 걸음을 옮기자 상자 모양의 원룸 주택단지가 이어졌다. 전봇대나 벽면은 틈이 있는 곳이면 어디에나 '임대'라 적힌 광고지가 빽빽하게 붙어 있었다. 폐업한 점포들, 자물쇠를 흉하게 둘러 아예 폐쇄해버린 주택단지를 지나는 동안 목줄도 없이 배회하는 개들과 어둠 속에서 갑자기 튀어나오는 고양이 외에는 아무도 만나지 못했다. 어슬렁거리는 취객도, 흉기를 숨기고 행인을 노리는 불량배도 전혀 눈에 띄지 않았다.

원룸촌 끝에 서서 무주는 골리앗 크레인을 바라보았다. 어둠 속에서도 선명한 빛으로 허공에 걸린 크레인을 보자 안전시설 같은 건 없다던 이석의 말이 실감 났다. 크레인은 곧 해체되어 루마니아로 팔릴 예정이라고 했다. 해체에만 석 달 넘게 걸린다고 하니, 이제 이인시 사람들은 어디에서나 크레인이 조금씩 제 모습을 잃고 무너져가는 과정을 지켜보게 될 것이다.

무주는 콜택시를 불렀다. 터미널에는 35분 후에 서울로 출발하는 고속버스가 있었다. 자정이 조금 지나 센트럴시티터미널에 도착할 것이다.

버스 출발을 기다리는 동안 무주는 승객이 거의 없는 작은 대합실에 앉아 송에게 전화를 걸었다. 전화를 받지 않았다. 다시 걸었다. 병원에서 업무상 필요한 간단한 말을 몇 번 주고받기는 했지만 전화를 거는 건 처음이었다.

한참 만에 송이 받았다. 시끄러운 소리가 들렸다. 사람들과 어울려 술을 마시다 전화를 받은 것 같았다.

"뭐야, 무주 씨가 웬일로 나한테 전화를 했습니까?"

흥미로워하는 말투였다. 병원 사람들과 함께 있다면 무주는 틀림없이 조롱거리가 될 것이다.

"왜 무주 씨라고 하세요?"

"시비 걸려고 걸었나요?"

"양수 씨는 누굽니까?"

"뭐예요, 갑자기."

"양수 씨가 누굽니까?"

"그게 이제야 궁금합니까? 전에는 안 궁금했어요? 내가 이름을 잘못 부르면 바로 물어봤어야죠."

주변 소음이 다소 가라앉았다. 전화를 받으려고 어딘가로 나오거나 조용한 곳으로 들어간 것 같았다. 이야기가 길어진다는 뜻일까.

"무주 씨 전임자였어요."

"왜 그만뒀습니까?"

"그만두는 데 이유 있습니까? 일하기 싫었나보죠."

"무슨 일이 그렇게 싫었답니까?"

"사무장이 시킨 일이오."

"……"

"나는 계속 양수 씨라고 부를 작정이었어요. 언젠가는 왜 그러느냐고 물어볼 줄 알았죠. 그러면 어떤 사람은 부당한 일을 거절하기도 한다고 알려줄 생각이었어요."

"내 이름은 무주입니다. 양수가 아니라."

"술 취했나 보군요."

그 말을 끝으로 통화가 뚝 끊겼다. 송이 인사도 없이 전화를 끊어버린 것이다. 무주는 전화기를 들고 그대로 잠시 서 있었다. 적절한 인사도 받지 못했지만 송에게 처음으로 존중받은 기분이었다.

막상 서울의 터미널에 도착했을 때는 어디로 가야 할지 알 수 없었다. 복잡한 지하도를 빠져나와 지상에 올라서자 거대한 막에 감싸인 듯 희뿌연 도시가 나타났다. 이런 먼지 장막조차 기실 무주에게 낯선 것이 아니었다. 그럼에도 무척이나 생경했다.

무주는 이곳을 알고 있었다. 긴 횡단보도를 건너 성모병원 쪽으로 가면 무주와 아내가 살던 동네로 가는 버스가 있었다. 길 건너 조달청 앞 정류장에는 처가네 동네로 가는 버스도 있었다. 자정이 지난 시각에 무턱대고 처가로 갈 수는 없었다. 아내로부터 오지 말라는 소리를 들을까봐 아예 전화하지 못했다.

무주는 서울성모병원이라고 쓰인 흰 글자를 등지고 걸음을 옮겼다. 차고가 꽉 찬 호남선 터미널을 지나자 불을 환하게 밝힌 꽃 도매상가가 나왔다. 북적거리는 불빛이 반가워서 괜히 서성이고 있는데 골리앗 크레인처럼 우뚝 솟아 있는 맞은편 고층 아파트 단지가 눈에 띄었다. 익숙한 아파트 단지를 보자 터미널에 내렸을 때 느낀 생경함이 조금 가셨다.

무주는 단지 내 산책로를 따라 천천히 아파트를 한 바퀴 돌았다. 미세먼지가 아파트 상층부를 뿌옇게 가두고 있었다. 늦은 시각이었고 대기 상태가 좋지 않은 탓인지 단지 안에 사람은 전혀 보이지 않았다. 그래도 불빛이 새어 나오는 집이 많아서 좋았다. 무주를 위해 밝혀둔 불은 아니었지만 누군가 그곳에서 생활하고 있다는 느낌을 주는 불빛인 건 확실했다. 송곳 같은 어둠과 적막을 겁내지 않아도 된다는 것도 좋았다. 무서움이 느껴지지 않는 고요도 오랜만이었다.

어둠을 느긋이 누릴 요량으로 무주는 비교적 단지 안쪽의 어린이 놀이터로 갔다. 계절이 이른 탓에 놀이터를 둘러싼 벚나무는 아직 잎사귀를 내지 않아 가느다란 가지만 한껏 내뻗고 있었다.

무주는 잘 닦인 원형 벤치에 앉아 거대한 성 모양의 미끄럼틀을 멍하니 쳐다보았다.

얼마 지나지 않아 "안녕하십니까" 하고 곁에서 인사하는 소리가 들렸다. 돌아보니 제복을 입은 사내가 서 있었다. 무주는 조금 놀랐다. 놀이터 바닥이 우레탄이어서 이쪽으로 다가오는 발걸음 소리가 전혀 들리지 않았던 것이다. 사내가 무주를 쳐다보며 다시 한 번 고개를 공손히 숙이고는 물었다.

"죄송하지만 입주민이십니까?"

"아, 아닙니다."

"죄송하지만 방문객이십니까?"

"아닙니다."

"죄송하지만 저희 단지에 용건이 있으십니까?"

"그건 아니지만……."

"죄송하지만 주민 신고가 들어왔습니다. 저희 단지는 외부인의 경우 출입에 자제를 부탁드리고 있습니다."

사내의 말투가 하도 깍듯해서 무주는 항의할 생각도 못하고 자리에서 일어섰다. 사내는 나가라거나 말라는 말을 하지 않은 채 무주의 선택을 기다리듯 물끄러미 쳐다보며 두 손을 가지런히 모으고 서 있었다.

무주는 사내의 예의 바른 재촉에 떠밀려 입구 쪽으로 걸음을 옮겼다. 사내는 일정한 간격을 두고 뒤따르다가 무주가 단지 바깥으로 나가자 멈춰 섰다. 뒤돌아보자 사내가 허리를 숙여 무주에게 인사했다.

어디로 갈지 망설이다가 터미널 지하도에서 본 찜질방 광고가 떠올랐다. 평일 밤인데도 찜질방에는 제법 사람이 많았다. 이석이 말한 대로 옷에서 표백제 냄새가 심하게 났다.

다음 날 아침 무주는 지하철을 타고 대학병원 쪽으로 갔다. 병원 사람을 만나는 게 내키지 않아 인근 여대 후문 쪽의 프랜차이즈 카페에 자리를 잡았다. 재단이 같은 대학교보다는 이쪽이 병원에서 가깝기도 했다.

1층 창가 자리에 앉아 과장에게 전화를 걸었다. 다소 망설였으나 신호가 울리기 시작했을 때는 먼저 꺼낼 말을 골라야 할 정도였다. 상의하고 털어놓고 싶은 얘기가 많았다.

"이게 누구야, 무주 씨 아닙니까. 오랜만입니다. 잘 지냈어요?"

과장이 반가워하며 빠르게 인사했다. 무주가 있는 곳을 말하며 잠시 뵙고 싶다고 하자 과장은 곤란한 듯 머뭇거리다가 기다려보라고 했다. 전화를 끊고 나서야 가능한 시간을 알려주지 않았다는 생각이 들었으나 괜찮았다. 무주에게는 시간이 얼마든지 있었다.

네 시간 반쯤 지나서 과장에게 문자 메시지가 왔다. 아직 기다리고 있는지 확인하는 메시지였다. 그렇다고 답장을 보냈지만 더 이상 문자는 오지 않았다. 재촉하는 문자를 보내려다가 과장이라면 이 느닷없는 방문의 목적이 궁금해서라도 나올 게 틀림없다는 생각이 들었다.

다시 40분 정도가 더 지나서 과장이 카페로 들어왔다. 그는 약속 없이 불쑥 찾아온 무주를 친밀하게 나무라며 기다리게 해서 미안하다고 거듭 사과했다. 그러고는 무주의 전화를 끊고 약 다섯 시간 동안 병원에서 자신이 한 일을 쉴 새 없이 얘기하며 푸념을 늘어놓았다.

무주는 기다렸다가 과장이 잠깐 이야기를 멈추고 물을 마시는 사이에 입을 열었다. 대뜸 선도병원에서 겪은 일을 얘기했다. 긴 얘기가 될 거라 생각했다. 하나도 빠지지 않고 말할 작정이었으니까. 그러나 뜻밖에도 간단하게 끝났다. 이석의 말대로 사람이 다른 사람의 것을 빼앗으려는 일에 지나지 않아서일까.

과장은 끼어들거나 중간에 질문을 던지거나 말을 끊는 법 없이 무주의 얘기를 차분히 다 들었다. 그는 전혀 놀라지 않은 것 같았다. 표정에 아무런 변화가 없었다. 오랜만에 전화를 걸어온 무주를 과장될 정도로 반기고, 만나자고 하니까 당혹스러운 기색을 감추지 못하던 사람의 표정치고는 시종 덤덤했다.

무주는 과장을 쳐다보았다. 자신의 얘기가 끝났다는 의미로 세 잔째 마시고 있는, 이미 식어버린 커피를 한 모금 마시기도 했다.

과장이 다시 입을 열었다. 그는 7년 전 이인시에 놀러 갔을 때 먹었던 게장정식에 대해 얘기했

다. 속이 꽉 찬 제철 꽃게로 담근 게장으로 서울
에서는 그만한 식당을 찾아보기 힘들다고 했다.
게딱지에 밥을 비벼먹는 얘기를 할 때는 입맛을
다셨다. 자세한 위치와 상호를 알려주며 무주더
러 꼭 가보라고 권했다.

이인시에 남아 있는 적산가옥 중 포목상이 지
은 집에 대해서도 얘기했다. 자녀들이 결혼하면
별채를 증축해서 함께 살 요량으로 크게 지은 집
이었는데, 패전으로 10년밖에 살지 못했으며, 주
인은 가방 하나만 챙겨 도망가다가 항구에서 그
가방마저 잃어버렸다는 이야기였다.

그 얘기에 어떤 교훈을 담을 생각이 조금도 없
다는 듯 과장은 곧장 화제를 바꾸어 서울의 미세
먼지 농도에 대해 얘기했다. 그는 대뜸 손을 뻗어
창밖으로 보이는 건너편 중학교를 가리켰다.

"이런 날씨에도 선생들은 체육 수업을 강행합
니다."

마치 지금 체육 수업을 진행하는 학생들이 있는
것처럼 말했지만 운동장은 텅 비어 있었다. 그런데
도 과장은 여전히 운동장을 가리키며 혀를 찼다.

그는 비교적 정확하게 수치를 외고 있었는데 날마다 기상 예보 대신 대기 오염도를 체크한다고 했다. 최근 일주일은 미세먼지 농도가 계속 '나쁨' 수준을 보였는데, 이건 미세먼지가 서울을 가둔 형국이라고, 아무 조치도 취하지 않고 저감 장치에 시설 투자를 하지 않는 서울시에 불만을 퍼부었다.

잠자코 과장의 얘기를 들으며 무주는 두려운 기분을 느꼈다. 관행대로 처리하라고 지시할 때에도, 훗날을 도모해야 하지 않겠느냐고 차가운 말투로 충고할 때에도 그가 이렇게 무서웠던 적은 없었다.

전화가 걸려오지 않았다면 과장은 무슨 이야기든 계속 이어 나갔을 것이다. 벨이 울리자 그는 양해를 구하는 법 없이 앉은자리에서 큰 소리로 전화를 받았다. 잘 들리지 않는지 몇 번이고 되묻다가 눈치가 보이자 주위를 둘러보고는 카페 밖으로 나갔다. 통화가 길어질 것으로 예상한 모양이었다.

무주는 과장이 다시 들어오기를 기다리며 창밖

으로 시선을 돌렸다. 두 손을 바지 주머니에 찔러 넣은 과장이 창가에 앉은 무주를 지나쳐 병원 쪽으로 걸어가고 있었다. 무주는 벌떡 일어섰지만 과장은 카페 쪽으로 결코 시선을 돌리지 않고 제 갈 길을 갔다.

카페를 나와서 무주는 병원 본관 쪽으로 걸었다. 무주가 5년 동안 근무한 병원이었다. 똑같은 건물, 똑같은 거리, 똑같은 대기와 바람. 그런데도 이전과 다르게 느껴졌다. 이인시로 내려간 후로 이렇게 사람이 붐비는 곳에 온 것이 오랜만이어서인지도 몰랐다.

횡단보도에 서서 무주는 서로를 밀치듯 재게 걸음을 놀리는 사람들과 느릿느릿 밀려드는 차들을 바라보았다. 사람들은 건강한 동물의 내장기관처럼 끊임없이 움직이고 세포처럼 번식하며 길을 메우고 있었다.

그 숨 가쁜 움직임에 이끌려 무주도 번화가 쪽으로 방향을 잡고 걸었다. 거리에 꽉 들어찬 사람들, 시끄럽게 들려오는 음악 소리, 인도에 세워놓은 간판, 차들의 경적 소리, 모두 익숙했다. 경적 소리가 자주 들렸는데 어디쯤에서 나는 소리인지 알 수 없었다. 무주는 계속 돌아보았는데 사람들은 그다지 신경 쓰지 않았다. 이따금 바로 앞에서 사람들이 갑자기 방향을 틀었다. 그 때문에 무주는 여러 차례 다른 사람과 부딪칠 뻔했다.

얼마간 걷다 보니 아내와 함께 오곤 했던 백화점이 나타났다. 무주는 마치 그게 신호라도 되는 듯 용기를 내서 아내에게 전화를 걸었다. 아내가 반가워하는 기색 없이 어쩐 일이냐고 물었다. 무주는 출장 때문에 서울에 왔다고 대답했다. 아내는 잠자코 있었다. 무슨 일로 왔는지, 언제 돌아가는지 묻지 않았다.

"다시 서울에서 일할 수 있을 것 같아요."

무주는 아내에게 거짓말을 했다. 통화를 끝내고 싶지 않아서, 무슨 말이든 더 듣고 싶어서였다.

"잘됐네요."

아내가 대답했다. 기뻐하는 기색이 없었다. 무슨 일을 어디서 하게 된다는 건지도 묻지 않았다. 거기까지 생각해두지 않았지만 거짓말을 하지 않게 되어 다행이라는 생각이 들지 않았다. 이야기가 더 이어지길 기다렸다. 아내가 무엇이든 더 물어봐주었으면 싶었다. 아무 말이라도 해주었으면 했다. 무주가 어떻게 하면 좋을지, 어디로 가야 하는지, 어디서부터 바로잡을지 하는 얘기 말고, 함께 점심으로 무엇을 먹을지 시간을 들여 고르고, 지난번 갔던 음식점의 형편없는 불고기 맛을 투덜대고, 정수리를 내보이며 탈모가 부쩍 심해진 건 아닌지 물어보고, 그러면 아내는 앞머리를 들춰 염색할 때가 되었는지 묻는 일 같은 것을 하고 싶었다. 오랜 시간 함께해왔고, 지금도 함께 있으며 앞으로도 함께 있을 게 분명한 사람들끼리 나누는 얘기를 하고 싶었다.

무주는 정체가 심한 교차로를 느릿느릿 통과하는 차들을 지켜보며 아내의 말을 기다렸다.

"일 잘 보고 들어가요."

아내가 말했다. 그만 전화를 끊자는 말이었다.

"내 말은 그게 아니잖아."

무주가 대뜸 말했다. 무주는 아내에게 반말을 한 것을 의식했다. 무주와 아내는 서로 경어를 사용해왔다. 기분이 상해 다툴 때에도 반말을 한 적은 없었다. 아내가 당황한 듯 짧게 탄식을 내뱉고 서둘러 말했다.

"당신이 원하는 대로 되어서 잘됐다고 생각해요. 다시 서울에서 일하는 거요."

"내가 원하는 게 그거예요?"

무주가 속삭이듯 물었다. 그의 목소리는 거의 나오지 않았다.

"당신, 괜찮아요?"

시간을 끌다가 아내가 물었다. 아니라고 대답하고 싶었는데 용기가 나지 않았다. 아내가 잠시 기다려줬다. 무주는 아내에게 여전히 날 사랑하느냐고 물어보고 싶었지만 원하지 않는 대답을 들을까봐 겁이 났다. 무주는 아내의 손이라도 되는 듯 휴대전화를 움켜쥐었다.

아내가 천천히 입을 열었다.

"당신은 스스로를 비난해야 할 때 언제나 다른 사람을 비난해요. 지금도 그래요. 사과를 하고 사정을 설명해야 하는데 되레 비아냥거리죠. 좀 더 솔직해지면 좋겠어요."

아내는 내내 이 말을 하려고 기다린 사람처럼 굴었으나 더는 말하지 않았다. 무주에게 솔직하라면서 정작 자신은 솔직하게 말해야 할 시점에서 멈추었다. 더 신랄하지 않아 다행이었지만 고맙다는 말은 나오지 않았다.

무주는 전화를 끊었다. 전화를 끊고 나면 복잡한 도시 한가운데 혼자 남게 되리라는 걸 알았지만 기어이 그렇게 했다.

이번에 무주는 이석에게 전화를 걸었다. 이석과 어둠에 묻힌 병원 뒤뜰에서 헤어진 지 채 하루도 지나지 않았다는 걸 믿을 수 없었다. 이석에게 묻고 싶었다. 떠날 기회가 있었는데 왜 다시 돌아왔느냐고. 이석은 전화를 받지 않았다.

로터리로 나온 무주는 지나가는 택시를 잡고 여의도에 있는 병원으로 갔다. 거기에 이석이 있을지도 몰랐다. 중환자실부터 가보았다. 아이의 이름이 정확히 기억났다. 율곡을 따서 첫째는 율, 둘째는 곡. 둘째를 낳지 않아 다행이라던 농담도 떠올랐다.

입원실은 5층부터였다. 무주는 비상계단을 통

해 5층으로 올라갔고, 모든 병실 입구에 멈춰 서서 출입문 오른쪽에 붙은 환자 명부를 살폈다. 간호사실을 통과할 때는 질문을 받을지도 모른다고 생각했지만 누구도 무주를 눈여겨보지 않았다. 병실에 들어가 환자를 천천히 살펴봐도 마찬가지였다. 힐끔거리는 보호자가 더러 있었으나 무주가 아무 말 없이 병실을 나서면 더는 관심을 두지 않았다.

어느 병실에도 하루 종일 축구를 하고, 장래에 로봇이 되고 싶어 했다는 열 살 아이의 병상은 없었다. 특실을 제외한 모든 층의 병실을 살펴보았지만 마찬가지였다.

무주는 할 수 없이 원무과로 내려갔다. 아이 이름을 대고 병실을 확인하고 싶다고 했다. 원무과 직원은 서류를 뽑느라 무주의 말을 건성으로 들었다. 무주는 직원이 업무를 마치기를 기다렸다가 다시 문의했다. 앞머리를 둥글게 만 원무과 직원이 뜸을 들이다 겨우 물었다.

"왜 찾으세요?"

"친구 아들인데요. 입원실을 까먹었어요. 친구

가 전화를 받지 않네요."

"그건 간호사실에 물어보세요."

원무과 직원이 다시 모니터로 고개를 돌렸다. 무주는 할 수 없이 지갑에서 명함을 꺼냈다. 짧은 순간 망설이다가 선도병원 명함이 아니라 대학병원 명함을 내밀었다. 명함을 보고서야 원무과 직원이 고개를 들어 무주를 쳐다보았다.

"전에 우리 병원에서 수술했던 환잔데 보험료 문제로 확인해볼 게 있어요."

"진작 말씀하시지 그랬어요. 기다리세요."

원무과 직원은 다행히 명함에 적힌 담당 업무를 주의 깊게 살피지 않았다.

"늦으셨네요."

"네?"

"퇴원했어요."

"퇴원이오?"

"네."

"언제요?"

직원이 날짜를 일러주었다.

"퇴원이라면……?"

"안됐지만 그렇습니다."

무주는 그게 무슨 뜻인지 바로 이해했다. 가볍게 고개를 숙여 인사하고 병원을 나섰다.

이석에게 울음 섞인 전화가 오던 밤이 떠올랐다. 그즈음인지도 몰랐다. 이석이 포기했을 리는 없고 그냥 그렇게 할 수밖에 없었을 것이다.

병원 근처 식당에서 설렁탕을 먹었다. 이석도 여러 차례 이곳에서 식사를 했으리라. 가격이 비싼 데다 국물이 밍밍했다. 잠은 여의도에 있는 찜질방에서 잤다. 공간이 넉넉하고 사람이 많지 않아 여유로웠는데도 쫓기는 기분이었다. 어두운 천장을 올려다볼 때면 육중한 키와 몸집으로 자신을 내려다보던 효가 떠올랐다. 한 대도 얻어맞지 않았는데, 흠씬 두들겨 맞은 기분이 여태 남아 있었다.

다음 날 아침 무주는 강가로 걸어갔다. 사람이 거의 없었다. 그럴 만했다. 미세먼지 때문에 걷기 좋은 날이 아니었던 데다 바람이 찼다. 간혹 바람이 불면 뺨이 얼얼할 정도였다. 먼지와 찬 기운이 모든 것을 사로잡은 속에서도 햇살이 내리쬘 때가 있고 그럴 때면 강물의 색채가 기묘하게 달라 보였다.

강 건너에는 이인시로 내려가기 전 무주와 아내가 살던 아파트가 있었다. 무주는 뿌연 대기 때문에 윤곽이 흐릿해 보이는 아파트 쪽을 쳐다봤다.

오래된 아파트여서 그 집에 사는 동안 여러 가지를 고쳐야 했다. 욕실의 배수와 부엌의 미진한 수압은 항상 문제가 되었다. 물이 내려가기를 기다리며 욕조 앞에 아내와 쭈그리고 한참 앉아 있던 모습이나 겨울 한파에 역류한 베란다의 수도관 때문에 고개를 절레절레 흔들던 모습 같은 게 느닷없이 떠올랐다. 아내와 함께 고치고 수고해서 살려고 애쓴 집이었다. 아파트 내 클럽에서 함께 서툰 테니스를 치고 아내가 단지 내 도로에서 인라인스케이트를 타는 모습을 지켜보던 때가 있었다. 실감이 나지 않아서 그냥 상상해본 삶처럼 느껴지기도 했다. 실제로 경험하지 않고, 꿈에서 겪은 적도 없지만, 그렇게 되기를 바랐던 삶 같았다.

그러자 아직 이인시에 집이 남아 있다는 데 생각이 미쳤다. 거기에 뭔가 남겨두고 왔다. 강 너머의 집에 살 때, 아내와 그가 같이 고른 가구, 함께 사용한 살림살이 같은 것을. 아내가 좋아하는 그림과 아끼는 책이, 무주의 베개와 오래된 가방이 이인시에 고스란히 남아 있었다.

며칠간 무주는 무거운 기분으로 무용한 시간을 보냈다. 아내에게 다시 연락하지 않고 낮에는 피시방에 틀어박혀 채용 사이트를 들락거렸고 포털 사이트에 접속해 이인시에 관한 새로운 기사가 없는지 살펴보았다. 크레인 해체가 시작되었다는 단신 기사가 보였다. 더 찾아보았지만 후속 기사도, 사진도 없었다.

밤에는 강변을 산책하고 술을 마시고 찜질방에서 잤다. 용기를 내어 처가 근처까지 가보았으나 아내에게 전화를 걸지도, 초인종을 누르지도 못했다.

권에게 전화가 걸려올 때까지 무주는 자신이 사직서를 내지 않고 형식적으로 무단결근 중이라는 사실조차 잊고 있었다. 권은 통화가 되어 다행이라고 한 후 대뜸 언제부터 알고 있었느냐고 물었다.

"조심하라던 게 이거였어요?"

권이 다시 물었다. 무주는 마른 입술을 축이고 통화가 길어질 것 같아 피시방을 나왔다. 점심 시간이어서 그런지 거리가 북적였다. 무리 지어 이동하는 사무원들을 피해 무주는 천천히 강변 쪽으로 걸음을 옮겼다.

"역시 알고 있었군요."

권이 낙담한 듯 말했다. 무주는 권에게, 모두 같아질 것이라던 이석의 말을 전해주고 싶었지만 그러는 대신 질문을 던졌다.

"무슨 일입니까?"

권은 무주가 이미 알고 있으리라는 의심을 놓지 않으면서도 특유의 절제력 있는 목소리로 앙상한 개요를 얘기해주었다. 사무장이 건강보험공단으로부터 요양급여를 부당 편취하고 요양시설 신축에 따른 투자금을 횡령해 달아났다고 했다. 그 과정에서 개원 당시 정황이 밝혀졌다. 9년 전 의료재단의 이사장인 사무장이 사실상 개인 거래 형식으로 의료법인을 매매했다는 것이다. 사무장이 병원의 실질적인 소유주이지만 원장이 법적 책임과 함께 상당액의 채무를 떠안게 되고, 본부장으로 투자를 주도하고 시설을 기획한 이석 역시 책임을 면치 못할 것이라고도 했다.

"이석 선배는 이미 횡령 혐의로 고발됐어요. 사무장이 진작 그렇게 했대요."

"횡령이오?"

"무주 씨가 작성한 문건요. 사무장이 그걸 경찰에 넘겼대요."

뜸을 들이다 권이 물었다.

"한패예요?"

무주는 잠자코 있었다.

"병원 사람들은 다 그렇게 생각해요. 무주 씨가 출근하지 않아서요. 그리고 나서 갑자기 모든 게 시작됐으니까요."

무주는 붕괴로부터 먼저 도망쳐 나온 것을 사과하지 않았다. 갑자기 시작된 일이 아니라고 고쳐주지도 않았다.

"나한테도 한패라고 몰아붙여요. 혁신위원회에서 요양시설 신축을 주장한 게 저라고요. 대놓고 욕을 하고 비난해요. 다들 너무해요."

권이 기어이 울음을 터뜨렸다.

"우리는 도대체 어떻게 살라고 그러는 거예요?"

'다들'은 누구고 '우리'는 누구인지 알 수 없었지만 무주는 어느 쪽에나 속하는 것 같았다.

권은 울먹이며 언제부터였는지, 또 다른 공모자가 누구인지, 액수가 얼마나 되는지 끊임없이 물었다. 권 역시도 당연히 무주가 공모자여서 병원에 나타나지 않으리라 생각하는 것 같았다. 무주는 변명하지 않고 병원 사람들은 어떻게 하고 있는지 물었다.

"비난할 수 있는 사람을 비난하고, 여기에 없는 사람을 욕해요. 그리고 기다려요. 딱히 다른 일을 찾을 수 없으니까요."

"뭘 기다립니까?"

"9년 전 선도병원을 개원할 때도 그랬다는 거예요. 건물과 시설은 남아 있으니까요. 다른 사무장이 나타나길 기다리고 있는 것 같아요. 그러면 또 비슷한 일이 벌어지겠지만, 달라질 게 없겠지만 달리 기대할 게 없으니까요."

전화를 끊고 싶었지만 권이 하소연을 다 하고 제풀에 지쳐 끊을 때까지 기다렸다. 그게 무주가 베풀 수 있는 마지막 호의였다. 울면서도 전화를 끊지 않는 것으로 보아 병원에서도 내몰리고 있는 권이 지금 그나마 의지할 사람은 무주밖에 없는 듯했다.

이석은 모든 걸 알고 있었다. 사무장이 자신의 약점을 어떻게 사용할지도 알고 있었으리라. 비로소 무주는 이석의 안부가 걱정되었다. 이석이 자기 몫만 책임질 수 있다면 좋겠다 싶었다. 하지만 이석은 빠져나올 수 없을 것이다. 이석이 부린 마지막 호기는 무주에게 먼저 돌아가라고 충고한 것인지도 몰랐다.

긴 울음을 그치고 전화를 끊으려는 권에게 무주가 다급히 물었다.

"크레인은 어떻게 됐나요?"

"네?"

권은 무주의 말을 잘 알아듣지 못했다. 무주가 여러 차례 크레인이라고 되풀이하자 그제야 되물었다.

"그게 왜요?"

"해체가 시작됐다는 기사를 봤어요."

권은 잠자코 있다가 짧게 인사하고 전화를 끊었다. 이런 상황에서 한가하게 크레인 타령이나 하는 걸 탓하는 듯한 침묵이었다.

통화를 하느라 무심코 걸어온 탓에 무주는 사방을 둘러보며 어디쯤인지 가늠해야 했다. 질 나쁜 대기가 시야를 좁게 만들어 고층 건물 사이에 갇힌 기분이었다.

무엇인가 완결되었다는 느낌이 들었다. 한편으로는 영원히 끝나지 않을 듯한 기분도 들었다. 아직도 남은 것을 기다리는 사람이 있어서였다. 같은 일이 반복될 줄 알면서도 다른 사무장이나 인수자를 기다리는 사람도 있지 않은가.

무주는 내키는 대로 이면도로를 따라 걸었다. 다행히 이 동네에서는 어디로 가든 강가에 닿을 수 있었다.

무주는 자신에게 남은 것을 애써 생각했다. 태내 아이를 보호하려고 두 손을 복부에 포개고 어색하게 걸음을 옮기던 아내가 떠올랐다. 의지가 되는 모습이었다. 그 모습에 기대어 간절히 무슨 말인가 시작하고 싶어졌다. 이번에는 대학병원에서 있었던 일부터 모두 털어놓을 작정이었다. 그런 다음에 하고 싶은 말이 무엇인지, 이번만큼은 정확히 알고 있었다.

* 소설을 쓰면서 『그 남자, 좋은 간호사』(찰스 그래버 지음, 김아영 옮김, 골든타임, 2014)를 참고했습니다.

신자유주의 시대의 공포와 희망

황종연

1. 메디컬 드라마 서사의 전복

편혜영이 『죽은 자로 하여금』에 그려놓은 이인시는 아마도 김승옥의 무진, 박완서의 현저동, 조세희의 행복동, 신경숙의 구로동 등과 함께 한국문학 독자들에게 오래도록 기억될 것이다. 그곳에는 한 세대 이상의 한국인이 혼란과 격동의 연대를 지나는 동안 공통으로 느꼈을 법한 희망과절망, 기대와 불안, 기쁨과 슬픔이 복합적으로 투영되어 있고, 그래서 그곳은 한국인에게 자신이누구였는가, 누구인가를 심오하게 어지러운 정념의 격류에 휘말려 질문하게 하기 때문이다. 얼마 전까지만 해도 주력 산업인 조선업의 호황 덕택에 흥성하는 중이었던 그 지방 도시는 그곳 안팎의 젊은이들에게 궁벽함으로부터 탈출하는 둘도 없는 기회를 제공했다. 소설의 주요 인물 중 하나인 이석에게 그곳은 한때 크고 밝은 미래를 향해 열린 출구 같은 곳이었다. 면송리라는 이인시 인근의 작은 농촌 마을에 태어나 부모와 함께 계속 같은 동네에서 살아오던 그는 빈한한 살림, 고된 농사, 맥 빠진 사람들과 작별하려던 꿈을 드디어 이루는 듯했다. 경력이라고 해야 공고 졸업과 의무병 제대 정도였으나 간호조무사 학원을 다닌 보람이 있어 이인시의 신생 병원인 선도병원에 취직했고, 이어 아내를 얻어 시내에 가정을 꾸렸다. 마침 시 외곽의 바닷가에서는 그의 꿈에 화답하기라도 하듯 놀라운 경관이 출현하기 시작했다. 그곳 조선소에서 처음으로 "벌크선 진수식"이 있던 날, 아내와 아들을 데리고 폭설이 내린 거리를 걸어 구경하러 나간 그는 그로부터 10년이 지난 뒤에도 잊히지 않는 감동을 받았다. 그 배는 엄청난 크기로 그에게 고향 마을의 시시한 동네와 판연히 다른 "오대양 육대주"의 존재를 상기시켰을 뿐 아니라 언젠가 그 배를 타고 그 광대한 세계 속으로 나아가는 미래의 자신을 상상하게 했다. 그러나 그가 초대형 화물선을 눈앞에 두고 언뜻 훔쳐본 장려한 인생에 그는 조금도 다가가지 못했다. 아들이 교통사고를 당한 이후 그의 생활은 오히려 초라해졌다. 아들의 치료 비용으로 인한 압박 때문에 그는 이인시를 떠나 시골 부모의 집으로 돌아갔고 병원의 부패한 관행과의 타협을 계속했다. 그가 횡령 혐의로 고발되었다는 소문으로 그에 관한 이야기는 끝난다.

열등한 이력에도 불구하고 경영 부서의 요직에까지 오른 이석이 경제적, 사회적 실패의 나락에 빠진 과정은 이인시라는 작은 지방 도시를 한국 굴지의 산업 메카로 만들어준 그곳의 조선업이 몰락한 과정과 동시적이다. 조선업계가 불황에서 헤어나지 못하자 그곳의 선박 제조업체들이 잇따라 폐업에 들어가고 그 업체들에 의존하여 유지되고 있던 지역의 하청업체들이 연쇄적으로 도산과 긴축 사태를 겪었다. 수많은 근로자들이 임금을 받지 못한 채로 타지로 떠났거나 아니면 하루아침에 건달이 되어 대낮의 거리를 배회했다. 이 인시의 경제가 총체적으로 악화됨에 따라 거주 인구가 급속히 감소하고 도시의 공동화空洞化 현상이 뚜렷해졌다. 소설 여기저기에는 이인시가 갈데 없는 산업의 폐허임을 알려주는 지시가 있다. 무엇보다도 인상적인 것은 골리앗 크레인이다. 이 인시로 들어오는 사람들의 눈에 가장 먼저 띈다는, 무게 천 톤, 높이 백 미터가 넘는 크레인. 발전하는 산업도시로서의 이인시의 위세를 상징하던 그 기계 장비가 조만간 해체되어 루마니아로 팔려 갈 예정이다. 일찍이 청년 이석을 흥분시킨 어떤 거대한 가망은 연기처럼 사라졌다. 어느 구역으로 가면 사람 사는 기척조차 없는 이인시에서 사람들은 희망이 아니라 희망의 절멸을 느낀다. 그곳이 주는 느낌은 한마디로 공포다. 또 한 명의 주요 인물 무주는 선도병원에 취직한 후 그를 따라 이주한 그의 아내가 이인시를 무서워한 나머지 그와의 별거도 꺼리지 않고 서울로 돌아가고 싶어 했던 것을 기억한다. 그 자신, 직장에서 좌절을 겪어 혼란과 절망의 미로에 빠졌다가 가까스로 탈출 통로를 찾기 시작하는 대목에서 그곳이 무서운 곳임을 새삼스레 깨닫는다.

작중 서술자는 이인시의 조선업이 어떻게 성장했는지, 어느 정도의 규모로까지 팽창했는지, 어떻게 몰락했는지 자세하게 말하지 않는다. 그러나 조선업의 역사가 서술되어 있지 않다고 해서 그 흥망이 불가해한 것은 아니다. 자본주의 세계에서 어떤 산업이 흥하고 망하는 것은 태양계의 별들이 태양 둘레를 회전하는 것과 다를 바 없는 이치다. 이인시 조선업의 흥망은 일찍이 마르크스가 관찰한바 자본주의 특유의 생산 혁명, 즉 어떤 시점에 존재하는 어떤 산업 생산구조든 그것을 낙후시키고 결국 파멸시키는 자본의 창조적 운동의 특수 사례다. 이인시 조선업의 명운을 결정한 자본의 운동이 어떤 성질인가는 조선업의 몰락과 그에 따른 지역 경제의 불황으로 인해 선도병원이 경영상 어려움에 직면하자 그 경영 수뇌부가 설계한 개혁이라는 이름의 사업을 들여다

보면 얼마간 확인된다. 그 사업의 주 내용은 이인시에 고령 인구를 위한 요양시설 단지를 설립하여 운영하는 것이다. 그것이 고령층의 초고속 증가에 따라 새로 생겨나는 의료 서비스 시장에 대한 예측에 근거한 투기임은 말할 것도 없다. 주거와 케어를 결합한 고령자용 주택 건축 기술, 그리고 서울과 근거리인 이인시의 지리적 이점을 활용하여 "실버타운" 조성 사업에 착수하겠다는 병원 수뇌부의 발상은 시장에서의 성공을 위해서라면 언제나 자체의 기존 구조를 폐기할 준비가 되어 있는 자본주의 기업의 생리를 전형적으로 보여준다. 이인시의 조선업 역시 그러한 기업의 생리에 따라 흥했고 망했을 것이다. 그러므로 이인시의 폐허화는 조지프 슘페터가 마르크스의 언표를 계승하여 자본주의의 특징으로 명명한바 '창조적 파괴', 그것의 한 참상에 해당한다고 봐도 전혀 무리가 없다.

선도병원과 같은 의료기관은 현대 대중서사의 단골 배경 중 하나다. 메디컬 드라마는 한국에서도 텔레비전 드라마의 주요 장르 가운데 하나로 확고한 자리를 갖고 있다. 드라마의 배경이라는 측면에서 보면 사실 병원만큼 드라마 형식 자체의 요구에 적합한 장소도 드물다. 병원은 대중 드라마의 또 하나의 인기 있는 배경인 전장과 마찬가지로 인간이 죽음의 위협에 대면하고 죽음의 마력과 싸우는 장소이자, 또한 인간 생명에 대한 인간 자신의 이해와 평가가 시험되는 장소이다. 메디컬 드라마에서 인간 의지가 표현되는 방식은 다양하고 그로부터 드라마에 필수적인 갈등이 생겨나지만 모든 의지의 표현은 인간 생명의 보존이라는 지엄한 도덕적 명령에 대한 승복으로 끝나게 되어 있다. 그래서 메디컬 드라마는 아무리 인도주의의 상투형에서 벗어나려고 해도 메디컬 드라마인 한에는 신의와 사랑의 미담을 포함하지 않을 수 없고, 궁극적으로 인간 사회에 대한 긍정적 관념을 산출하지 않을 수 없다. 이 메디컬 드라마 장르는 『죽은 자로 하여금』이 의식하고 있는 문학적, 문화적 선례 중 하나다. 작중의 신임 병원장은 실버타운 사업 취지를 설명하는 자리에서 "병원 조직에서 가장 중요한 사람이 누굽니까?"라고 스스로 제기한 물음에 스스로 답하는 중에 "환잡니다. 우리의 환자는 바로 노인이지 말입니다"라고, 변종 메디컬 드라마 「태양의 후예」가 많은 시청자를 얻으면서 항간에 생겨난 유행어를 사용한다. 그러나 『죽은 자로 하여금』에 그려진 병원은, 앞으로 확인하겠지만, 신의와 사랑의 장소와 정반대다. 저자 편혜영은 의사와 환자의 관계가 아니라 병원 경영 관리에 초점을 맞춰 병원의 세계를 그리면서 인도주의의 미담 대신에 자본주의의 묵시록을 제시한다. 『죽은 자로 하여금』은 일종의 전복, 사람은 알고 보면 누구나 선하다는 관념을 재생산하는 메디컬 드라마 서사의 전복이다.

2. 생존의 기업화, 사회의 경제화

한국에서 메디컬 드라마는 높은 인기를 누리고 있지만 실제 병원들이 그에 비교될 만큼 높은 신임을 얻고 있다고 말하기는 어렵다. 병원들이 과연 의료 행위의 윤리적 원칙들을 준수하고 있는가 하는 의문은 의료사고가 산업재해 못지않게 상례적인 작금에는 극히 당연한 상식의 발로다. 『죽은 자로 하여금』에는 의료기관이 비양심적이고 무책임하다는 일반 한국인의 의심을 입증하는 듯한 삽화가 적지 않게 보인다. 그중 특히 명시적인 것은 선도병원 내에서 약물이 잘못 투약되는 사고가 발생하자 병원 경영의 실질적 총수인 사무장이 나서서 병원 직원들을 강당에 모아놓고 사태 수습을 위한 설득과 제안을 하는 삽화다. 환자들에게 이상 반응을 일으킨 문제의 약품인 헤파린 용액은 병원 약품 보관실에 보관 중이던 상태에서 병원 내부의 누군가에 의해 고의로 손상되었다는 추정을 뒷받침하기에 충분한 증거가 발견되었다. 그렇지만 사무장은 경찰 조사를 통해 진실을 확인하고 책임 소재를 명확히 하자는 간호사들의 요구를 일축하고, 그것이 병원에서 통상 일어나곤 하는 투약 과실의 하나에 불과하며 따라서 경찰에 신고하는 식으로 심각하게 다룰 이유가 없다고 주장한다. 사무장이 염려하는 바가 허술한 의약품 관리 체계가 아니라 자칫하면 하락할지 모르는 선도병원의 평판이라는 것은 명백하다. 그는 병원 측의 과실로 인한 인명 손상은 대수로운 문제가 아니라고 강당의 청중을 설득하면서 사람이 "살기도 하고 죽기도 하는 곳, 그게 병원 아닙니까?"라고 질문한다. 병원의 경험적 사실을 가리키면서 병원의 존재 이유에 괄호 치는 그의 발언은 그 직업적, 사회적 제도의 윤리적 무책임을 정당화하는 궤변의 한 극치다.

선도병원 사무장의 비윤리적 경영 원칙은 독자에게 생소하지도, 충격적이지도 않을 것이다. 세상 물정을 아는 한국인이라면 기업의 부정과 비리에 워낙 익숙해서 윤리적 책임감과 기업 정신은 모순 관계라고 여길 정도가 아닌가. 그러나 사무장은 너무나도 자신 있는 웅변조로 병원의 이익을 주장하고 있어서 그의 경영 원칙은 몰염치나 비정함과는 어딘가 다르다는 인상을 준다. 사실, 기업 경영을 하듯 병원 관리를 하는 것이 그렇게 당연한 일은 아니다. 보건 의료에 대한 국민의 보편적 요구를 존중하는 문화에서라면 의료 서비스를 민간 기업의 이익 추구 영역으로 간주하는 것은 문제가 많은 발상이다. 경제학 분야에서도, 사회적 간접자본 이론가들은 병원을 도로나 상하수도, 공원이나 학교 등과 함께 공공복지의 하부구조에 속하는 것으로 간주하고 그것의 건설과 유지를 시장경제에 맡기는 데에 대체로 반대한다. 기업 방식의 병원 관리를 거침없이 주장하는 사무장의 자기 확신은 기업이 그것 본연의 영역인 경제 이외의 영역에서도 인간 행위의 모델로 기능하기 시작한 작금의 사태를 상기시킨다. 사무장이 추진한 실버타운 신축 프로젝트— 비록 그것이 최종적으로 그의 사기극으로 판명되었을지라도—는 새로운 의료 시장을 둘러싼 경쟁에의 참여였으며, 그런 점에서 선도병원을 더욱 철저하게 기업 형태로 변형시키려던 시도로 간주될 만하다. 미셸 푸코는 1978년과 1979년 사이에 콜레주 드 프랑스에서 행한 강연 「생명관리정치의 탄생」에서 "사회체 내에서 일어나는 '기업' 형태의 증식은 신자유주의 정책의 목표라고 나는 생각합니다. 그것은 시장, 경쟁, 이어서 기업을 사회의 형성적 힘이라고 부를 수 있는 것으로 만드는 일입니다"라고 말했다. 사무장이 선도병원의 기업화를 추진하는 가운데 보여주는 단호함과 뻔뻔함은 소설 바깥의 당대 한국 사회에서 신자유주의가 대세인 사정에 대응되는 것으로 보인다.

푸코는 신자유주의를 경제 정책이나 이데올로기가 아니라 '통치 기술'이라고, 국가가 그 국민을 지도하고 강제하는 방식이라고 이해한다. 신자유주의는 자유주의를 단지 연장한다기보다 국가, 경제, 인구 사이의 관계를 근본적으로 재형성하는 방식으로 자유주의를 재프로그램화한다. 신자유주의는 정치의 편이 아니라 경제의 편에서 국가가 활동하게 한다. 경제를 국가의 관심과 정책의 1차 대상으로 만들고 나아가 사회의 모든 영역을 경제화하기 위한 통치 체제를 요구한다. 시장에 의한 사회 규제의 추구는 신자유주의적 통치성의 두드러진 특징이다. 그런데, 신자유주의에서 시장의 근본 원리는 고전적 자유주의에서 그러한 것처럼 교환이 아니라 경쟁이다. 신자유주의는 자유롭다고 가정된 경제주체들 사이의 교환을 촉진하는 대신에 경쟁 원리를 사회 속의 모든 행위들, 모든 관계들 속에 확립하려 한다. 푸코가 설명한 신자유주의 이론에 따르면, 시장경제의 작동에 유익한 경쟁은 인간의 본능으로부터 나오는 것이 아니라 인위적으로 지원되고 교정되어야 하는 것이다. 신자유주의 국가의 중요한 과제는 바로 사회의 모든 영역에 경쟁 관계를 수립하는 것, 사람들의 마음속에 경쟁을 위한 에토스를 깊게 심는 것, 경쟁 체제의 작동에 장애가 되는 정치적, 도덕적 고려를 모든 국가 정책에서 배제하는 것이다. 이 경쟁 원리의 일반화가 윤리적으로 중대한 문제를 초래한다는 것은 말할 것도 없다. 근래 한국의 경험을 통해 충분히 확인되었듯이, 그것은 개인들의 사회적 관계에서 공생과 호혜의 질서를 약화시키고 사회 전역을 약육강식의 싸움터로 만든다.『죽은 자로 하여금』의 병원 조직에서는, 흥미롭게도, 신자유주의의 합리성이 철저화된 생존 방식이 발견된다. 예컨대, 이석이 거미의 생태에 견주어 말한 관리부 직원들의 배타적 보신保身이 그것이다. 무주가 이석을 만난 기회에 동료들로부터 따돌림을 당한 고통을 털어놓자 이석은 무주의 어리석음을 개탄하듯이 무주의 동료 한 사람 한 사람은 병원이라는 하나의 거대한 거미줄에 어떤 거미와도 공존하기를 거부하는 한 마리 거미와 같다고 일갈한다.

사람들의 공존이 불가능한 조직이라는 주장은 그것을 펼친 인물이 다른 누군가가 아니라 바로 이석이기에 통렬하게 들린다. 이석은 농촌 출신의 학력 별무인 간호조무사로 병원 생활을 시작했으니 병원 관리의 요직을 맡고 급기야 실버타운 신축사업 본부장에 오르기까지 그가 얼마나 고단했을까는 쉽게 짐작이 간다. 서술된 정보를 종합하면, 그는 병원에서 살다시피 하면서 자신의 직무 수행 능력을 높이려고 측은할 정도로 애썼고 자기 직분의 범위를 넘어 많은 관리와 개발 업무에 헌신했다. 그 결과, 병원 관리 부서의 둘도 없는 중견 간부가 되었음은 물론, 환자들에게는 의사들보다 믿음직하고, 의사들에게는 병원장보다 두려운 존재가 되었다. 그러나 근면함과 유능함이 이석의 인격 전부를 설명해주지는 않는다. 무주가 조사한 바에 의하면 그는 물품 구매를 담당하면서 매입 가격을 조작하는 방식으로 상습적 횡령을 했다. 무주는 이석이 서울의 어느 병원에 입원시킨 아들의 치료 비용 때문에 남몰래 부정을 저질렀으리라고 짐작하지만, 이후에 이석은 무주에게 진실을 밝혀야 하는 상황에 놓이게 되자 넌지시 알려준다. 누군가 그의 상사의 요구에 따라 그렇게 했다고. 무주를 포함한 동료들에게 이석은 어떤 때는 수완 좋은 잡역부 같고 어떤 때는 비열한 병원 오너 같고, 어떤 때는 사람 좋은 동료 같고 어떤 때는 무자비한 상관 같다. 이 모순 많은 이석의 면모를 이해할 방법이 있다면 그것은 그가 상사의 호의 이외에는 그와 그의 가족의 생존을 위해 의지할 데가 없는 사람이라는 사정을 직시하는 것이다. 여러 정황으로 미루어 보건대, 그는 원장을 비롯한 상사들로부터 신임을 얻기 위해 그들의 지시를 충직하게 이행해왔다. 그는 상사들의 불법적 이익을 안전하게 챙겨주면서 자기 자리를 유지해왔음에 틀림없다. 그의 자조적 어휘를 빌려 말하면 그는 "용접공"이었던 것이다.

이석의 상황은 우리에게 낯익은 것이다. 전근대 서열 체제의 유산 및 군사 문화와 결합해서 한국 사회 곳곳에 존속되고 있는 상명하달의 문화가 연상된다. 그러나 직장 상사에 대한 그의 충성이 낡은 봉명奉命 관습과 같은 종류인 것은 아니다. 그는 자신이 행한 일이 비리임을 알고 있음은 물론, 문제의 비리가 선도병원 관리 조직의 관행이라고 보고 있다. 심지어 집단 관행은 시비를 따지지 말고 따라야 한다는 생각까지 하고 있다. 순응주의는 이석이 무주와 대화하는 중에 "죽은 자로 하여금 죽은 자를 장사하게 하라"라는 예수의 말을 인용하여 시사한 바이기도 하다. 예수의 제자 중 한 사람이 자기 아버지의 장례식에 가게 해달라고 하자 예수가 답하여 말한 그 말은 예수의 제자들에 대한 요구가 얼마나 준엄했던가를 예시하는 발언으로, 영적 생명을 얻고자 한다면 예수 자신을 따르는 제자됨의 상태에 완전히 투신하라는 명령으로 읽힌다. 그러나 이석의 세속적이고 희극적인 해석 속에서 그것은 자신이 목숨을 의존하고 있는 집단의 관행이라면 인의仁義를 묻지 말고 순응하라는 명령이 된다. 선도병원 같은 기업 조직이 어차피 도덕적으로 고상하지 않다면 그 자신처럼 "평범한 사람들이 조직에서 살아남는 방법"은 "타락"밖에 없다고 이석은 주장한다. 그에게는 도덕적 정직성을 지키는 일보다 병원 집단 내에서 생존하는 일이 더 합리적이다. 그는 직장과 가정의 구분조차 없이 부지런히 근무하며 병원 관리 업무에 적합한 사람으로 스스로를 만들어왔고 확정적인 도덕적 판단을 유예하며 병원 기업의 욕망을 바로 자신의 욕망으로 삼아왔다. 그의 계몽된 순응주의가 윤리적으로 무심한 생존 지상주의의 요소를 가지고 있다면, 그보다 못하지 않은 정도로 생존의 기업화, 사회의 경제화에 동조하는 이성의 규범적 형식, 즉 신자유주의적 합리성의 요소를 가지고 있다. 이석의 사례로 미루어 보건대, 『죽은 자로 하여금』의 작중 세계에서 신자유주의는 통치 기술로서 의심할 나위 없이 위력적이다. 작중 인물들의 경제적, 사회적 생존 환경을 규정하고 있을 뿐 아니라 그들의 내면을 잠식하여 그들의 행위를 지도하고 있는 것이다.

3. 불안, 공포, 그리고 시간의 끝

『죽은 자로 하여금』의 이야기는 무주가 이석을 횡령 혐의로 병원 홈페이지 게시판에 고발하는 데서 시작한다. 무주는 선도병원 구매과에 취직하고 8개월 만에 병원장 직속의 혁신위원회에 발탁되었다. 병원장을 대행한 사무장으로부터 차제에 원내 경영 비리를 근절하고 싶다는 말을 들은 그는 비리 색출이 자신의 임무라고 받아들여 회계장부 검토에 들어갔고 이어 이석이 구매 계약에서 번번이 부정을 저지른 증거를 포착했다. 이석의 부정을 상부에 보고할 경우 이석이 심각한 곤란을 당하지 않을까 염려했지만 이런저런 고려 끝에 그는 병원 홈페이지 게시판에 이석의 비리 사실을 익명으로 폭로했다. 그가 이석을 인간적으로 괜찮은 사람이라고 여겨왔고 이석에게 도의적 부채까지 느끼고 있으면서도 결국 그를 고발하기로 마음먹은 것은 무엇보다도 그의 윤리적 자의식 때문이다. 그는 선도병원에 취직하기 전에 근무한 서울의 한 대학병원에서 상사가 지시하는 대로 회계 부정을 저질렀고, 그러다가 발각되자 상사의 권고에 따라 모든 책임을 지고 사직했다. 서술자의 제보에 따르면 그는 본래 "순도 높은 정의감과 도덕심"을 가진 사람이니 그가 사직한 이후에 받아왔을 고통은 상상하기 어렵지 않다. 그의 마음속에 자라났을 도덕적 자기 회복에 대한 욕구는 그가 한 아이의 아버지가 된다는 가망이 생겨나면서 특히 강해졌다. 이석의 비리를 고발하는 것은 아마도 그의 상처 입은 정직성을 복구하는 기회였을 것이다. 그는 정직하고 떳떳해서 자신의 아이에게 권위 있는 아버지가 되리라는 기대를 품기 시작했다. 그러나 그의 고발은 그가 예상한 것과 전혀 다른 결과를 가져오고 그는 도덕적으로 재생하는 데에 성공하기는커녕 더욱 무서운 심리적 동요를 겪게 된다.

무주가 이석의 비리를 폭로한 이후 이석은 정

식 조사도 받지 않고 사직 조치를 당한다. 그러
나 그리 많은 시간이 지나지 않아 이석은 실버타
운 건설사업 본부장 직위로 병원에 복귀한다. 이
석이 사직하고 복직하는 사이에 무주는 양심의
가책에 시달린다. 특히 이석의 아이가 투병에 실
패하고 결국 죽었다는 소식이 들려오고 이석을
동정하는 여론이 원내에 일어나자 무주는 자신
의 고발 행위의 동기가 옳았는지 스스로 의심하
기 시작하고, 급기야 "환상과 무지의 장막 아래에
서 싸구려 도덕심에 고취되어 있었다"고 자책한
다. 그렇게 해서 직장의 타락한 관행과 싸우려는
의지가 꺾여버린 무주는 자기도 모르는 사이 도
덕적 가치에 대해 냉소적이 되어가고 또한 그를
배제하려는 동료들의 암수에 걸려 수모를 당하
게 된다. 주의할 것은 그가 설령 가슴속에 "순도
높은 정의감과 도덕심"을 품고 있다고 해도 그의
정치적, 윤리적 의식이 경제적, 기업적 합리성의
일반화에 저항할 만큼 발달하지는 않았다는 것
이다. 그는 과거에 서울의 직장에서 상사의 지시
에 따라 "태연히 불법을 저질"렀고 또 상사의 권

고에 따라 순순히 퇴사한 전말이 말해주듯이 사회적 권위에 대해 순종적인 사람이었고, 그런 만큼 이석 못지않게 기업적, 관료제적 통제하에 두기 좋은 '인간 자본'이었다. 사실, 그가 이석의 부정을 조사한 것도 사무장이 자신에게 그렇게 하라고 지시했다고 믿었기 때문이었다. 양심의 가책과 배제의 공포에 시달리며 직장 생활을 이어가는 국면에서 그는 그 자신을 절망적이라고 여긴 나머지 병원의 영업 방식에 동조하여 악랄하게 행동한다. 병원비가 체납된 환자를 다루는 장면에서 바로 그렇다. 그는 환자가 누워 있는 병실로 가서 보호자의 반발도, 간호사의 당혹도 개의치 않고 환자의 깡마른 몸을 안아 병실 밖에 내놓음으로써 강제 퇴원의 협박을 가한다. 『죽은 자로 하여금』의 극적인 장면 중에서도 특히 극적인 이 장면은 시장의 약자들의 생에 편재된 굴욕의 순간을 통렬하게 상기시킨다. 이 굴욕의 경험 속 어딘가에는 오늘날 많은 사람들이 기업이 욕망하는 방식으로 욕망하고 있는 사정 중 하나, 이렇게 말해도 좋다면, 신자유주의적 주체성＝복종성服從性

의 원시적 축적이 가능한 사정 중 하나가 들어 있을지도 모른다.

무주의 이야기는 비교적 단순한 플롯을 가지고 있다. 단선적, 직선적, 전향적으로 운동하는, 기대와 좌절이라는 공식으로 요약 가능한 플롯이다. 그럼에도 그것을 읽으면 한 개인의 진실을 복잡한 모양으로 접한 듯한 느낌이 든다. 그러한 느낌은 무엇보다도 무주의 마음속에 들끓기를 멈추지 않는 각종 정념에 대한 지시 덕분이다. 예컨대, 앞에서 주목한 무주의 협박 장면을 보자. 무주가 환자의 침구를 병실 밖으로 치워버리고 나서 침대에서 떨고 있던 환자를 안아 올린 장면에서 서술자는 이렇게 말한다. "환자는 지나치게 가벼웠다. 지푸라기 같았다. '미안합니다.' 환자가 작은 소리로 무주에게 말했다. 그렇게밖에 소리가 나지 않는 것 같았다. 미안합니다. 환자가 다시 숨죽은 목소리로 말했다. 무주는 아무 말도 하지 않았다. 비로소 자신이 화를 내고 있다는 것을 깨달았다." 어째서 무주는 스스로 잔인한 짓을 하면서도 화를 내는가. 분노는 보통 한 사람이 다른 사람으로부터 침해를 당했을 경우에, 특히 그 사람의 위상을 추락시키는 형태의 침해를 당했을 경우에 느낀다. 가령 교사가 수업하는 중에 학생들이 자기들끼리 대화에 열중하는 모습을 보고 분노한다면 그것은 교사가 느끼기에 그 학생들의 행위가 단지 수업 목표 달성을 방해하는 것이기 때문이 아니라 교사 자신의 위상을 떨어뜨리는 것이기도 하기 때문이다. 무주의 침묵 속의 분노는 병원비가 밀린 환자를 향한 것이 아니다. 환자로 하여금 그렇게 처참한 대우를 받으면서도 꺼져가는 숨으로라도 사죄의 말을 하게 하는 세상을 향한 것, 자신으로 하여금 환자에게 그토록 무자비한 행위를 하게 하는 세상을 향한 것이다. 무주가 "왜 어떤 삶은 굴욕과 함께 지켜내야 하는 걸까"라고 말할 때, 그 굴욕은 환자의 것이자 동시에 무주 자신의 것이다.

이석을 고발한 후 무주가 때때로 분노의 감정을 느끼는 것은 당연하다. 무주 주변에서는 그가 병원 재정의 건전한 관리를 위해 선행을 했다고 칭찬하지도 않으며 그렇기는커녕 오히려 공명심에 눈이 멀어 비열하게 행동했다고 비난한다. 동료 직원들로부터의 고립에서부터 병원비 회수 의무 수행에 이르는 그의 경험은 그의 자존심과 양립하기 어려운 추락의 연속이다. 그러나 무주의 이야기 전체에 걸쳐서 두드러진 정념은 분노가 아니라 불안과 공포다. 무주는 자신이 온통 무서운 것에 둘러싸여 있다고 느낀다. 병원도, 도시도, 그리고 사람도 무주에게는 무서운 것이다. 선도 병원의 감추어진 진실에 다가가면 다가갈수록 그는 겹겹이 싸인 거대한 기만의 구조와 대면하며 동시에 그에게 함께 생존할 자리를 허락하지 않는 적대적인 사회조직과 마주친다. 그를 불안과 공포로부터 구해줄 수 있는 무엇인가가 있다면 그것은 그로부터 차례차례 떠나가는 중이다. 그는 자기 이익을 위해 이석의 비리를 폭로한 결과, 그의 직장 생활이 순탄하도록 도와주던, 수완 좋고 유머 많은 유일한 친구를 잃어버렸고, 직장 문제로 부심한 나머지 아내의 고통을 외면한 결과, 혼인 관계의 지속을 낙관하기 어렵게 되었다. 이석으로부터 병원에 남아 있지 말라는 경고를 받고 병원 구내를 벗어나 무작정 걷다가 이인시 중앙로까지 다다른 무주는 어둠이 내린 거리의 경관을 유심히 둘러본다. 간판이 낡은 가게들, 비어 있는 술집들, 인적 드문 도로, 피로한 얼굴의 행인들. 그는 문득 무섭다고 느낀다. 그 어둡고 황량한 도시의 풍경은 모든 것을 잃어버렸다는 그의 비참하고 침통한 감정과 마치 짝을 짓듯이 어울린다.

불안이나 공포는 희망이나 신념과 마찬가지로 미래에 관계하는 감정이다. 사람의 시간은 과거와 미래 사이에 걸려 있고, 사람의 의식은 기억과 예상 사이를 오가지만, 그 양자의 비중이 모든 종류의 생활에서 동등한 것은 아니다. 경제적 관심이 우세한 생활에서는 과거보다 미래가, 기억보다 예상이 비중이 높다. 경제활동은 예상되는 이익, 예상되는 시장, 예상되는 비용에 대한 지식을 요구하기 때문이다. 경제활동이 왕성한 사회에서는 미래의 무게가 과거의 무게보다 크다. 그래서 투기가 보전을, 정보가 기억을, 유행이 전통을 압도한다. 이것은 경제 지상주의의 나라 한국의 특징이기도 하고, 『죽은 자로 하여금』에 그려진 선도병원의 특징이기도 하다. 무주의 일상에서도 과거보다 미래가 비중이 높다. 선도병원에 근무하는 동안 그는 유년 시절의 무서웠던 아버지와 자신이 쫓겨난 서울 소재 대학병원 정도를 간혹 회상하는 반면, 그 자신과 가정과 직장이 어떻게 될지에 대해서는 수시로 걱정한다. 그러나 중요한 사실은 그 모든 염려와 예상이 쓸모없어 보인다는 것이다. 무주가 이인시에 홀로 남는다면 그에게 어떤 미래가 있을까. 이석은 자신과 무주가 처한 상황을, 불이 나는 시점에 같은 장소에 있던 사람들이 목숨을 건지지 못하고 모두 추락사한 건물 18층에 비유했다. 이석과 무주 모두 부성적인 사내여서 이석은 아이의 치료를 위해 파산의 위험을 무릅쓰고 아이와 아내를 서울로 보냈고, 무주는 태아가 생긴 이후 다시 인생을 시작한다는 흥분과 함께 바른 사람이 되어야 한다는 의무를 느꼈다. 그러나, 암시적이게도, 그들의 미래와 마찬가지인 그들의 아이는, 하나는 병상에서 다른 하나는 엄마의 배 속에서 모두 죽는다. 그들의 이야기를 돌이켜보면, 그들이 해체 직전의 골리 앗 크레인으로 남은 이인시와 유사하다는 생각을 하지 않을 수 없다. 그들과 이인시는 모두 묵시록 적 대파국이 임박한 듯한 순간에, 시간의 끝에 처해 있다. 무주가 이인시를 빠져나와 아내가 있는 서울로 돌아가는 것, 아내가 "아이를 보호하듯 두 손을 복부에 포"개고 어색하게 걸음을 옮기던 순간을 기억하는 것은 극히 자연스럽다.

4. 비극 대 소설

이인시와 선도병원, 이석과 무주는 모두 상상의 장소, 상상의 인물이지만 지난 수십 년 사이 한국 안팎에 출현한 정치적, 사회적 현실의 여러 국면을 독자의 마음속에 생생하게 불러온다. 그 현실 국면에는, 앞에서 잠시 살펴보았듯이, 신자유주의라고 불리는, 시장 사회의 팽창에 복무하는 새로운 정치적 합리성의 결과들이 압축되어 있다. 이인시는 미국의 디트로이트시처럼 국가의 통제에서 풀려난 자본의 이동에 의해 폐허로 변한 왕년의 산업도시 모양을 하고 있고, 선도병원은 기업 형태의 보편화에 따라 본연의 목적을 상실하고 투기와 사기의 본영本營으로 변해가는 사회조직을 예시하며, 이석과 무주는 상명하복의 질서와 경쟁주의 문화 속에서 생존의 위협을 받는 사무직 노동자의 한 유형을 이룬다. 신자유주의 체제하의 한국인 화이트칼라 노동자의 경험을 이만큼 사실적으로 묘사한 작품은 최근에 없었지 않을까. 물론, 그 경험의 범위는 제한되어 있다. 이석과 무주를 움직이는 통치 권력이 국가의 존재를 상기시키는 보다 넓은 문맥에서 지시되었더라면, 혹은 이석과 무주가 겪는 곤란이 당대 사회의 '경제적 인간homo economicus'의 좀 더 심오한 불행과 결합하여 이야기되었더라면 더욱 좋았을지 모른다. 그러나 문제의 경험에 대하여 얼마나 사실적으로 말하느냐에 못지않게, 어쩌면 그 이상으로 중요한 것은 얼마나 소설적으로 말하느냐다. 그리고 그런 점에서도 『죽은 자로 하여금』에 필적할 만한 작품은 최근의 소설 중에서 찾기 어렵다.

현대적인 의미에서의 소설은, 교양 있는 독자라면 누구나 알다시피, 자아와 세계의 대립을 전제로 하는 이야기다. 소설의 주인공은 세상의 이치와 어긋나는 방식으로 무엇인가를 욕망하는 영혼, 세상의 규칙을 거스르는 방식으로 무엇인가를 지향하는 영혼으로부터 탄생한다. 그래서 주인공은 누군가의 말대로 문제적이다. 세상의 이치와 규칙을 전혀 아랑곳하지 않고 자신의 욕망과 의지에 따라 행동한다면 그는 미치광이 아니면 범죄자로 낙인찍힐 것이다. 소설적 이야기의 요체는 특별한 잘못을 저지르지 않았음에도 남들처럼 살지 못하고 있어서 억울한 사람의 신세타령이 아니라 세상의 질서와 양립하기 어려운 욕망이나 신념을 마치 천형天刑처럼 가진 개인이 기획, 초월, 모험, 체념 등 이런저런 행위를 통해 성취하는 자기 인식이다. 이러한 의미에서 『죽은 자로 하여금』은 의심할 여지없이 소설적이다. "순도 높은 정의감과 도덕심"을 가졌다고 기술된 주인공 무주는 본질적으로 순박한 윤리적 인간이며, 고발을 시작으로 하는 일련의 행위를 통해 적대적인 사회 가운데 스스로를 정립하고자 한다. 스스로가 믿음직한 남편, 떳떳한 아버지, 우수한 직원이 되기를 바란다. 그러나 『죽은 자로 하여금』은 한국 소설이 종종 빠지곤 하는 자아와 세계의 센티멘털한 화해의 유혹에 끌려가지 않는다. 무주는 이석을 고발함으로써 인정과 위신을 얻기는커녕 반대로 조롱과 배척을 당하며, 이어 회의와 번민의 수렁에 빠져 허덕이는 중에도 이석의 타락한 합리성을 구원의 밧줄로 삼으려 하지 않는다. 그는 자신의 영혼의 침몰을 조용히 견딘다.

어떤 독자는 무주의 몰락이 다뤄진 방식에 동의하지 않을지 모르겠다. 무주는 이석을 고발한 행위를 그렇게 일찍 후회하지 말았어야 하고, 동료들의 오해와 편견에 좀 더 의연하게 맞섰어야 한다고 생각할지 모르겠다. 만일 무주가 그렇게 했더라면 그의 몰락은 아마도 훨씬 비극적인 색조를 띠었을 것이다. 그러나 무주가 속해 있는 작중 세계를 생각하면 그러한 요구는 무리다. 안티고네와 크레온처럼 고전적 비극에서 대립하는 인물들의 특징은 그중 누가 옳고 누가 옳지 않다고 말하기 어렵다는 것이다. '똑같이 정당하고 똑같이 명분 있는 힘들'의 충돌, 그것이 비극의 조건이라면, 그것의 완전한 결여야말로 『죽은 자로 하여금』에 그려진 세계의 특징이다. 기업적 합리성의 폭정하에 있는 사회에서 윤리적 가치들은 해소 불가능한 대립을 유지하지 못한다. 자크 라캉이 안티고네에게서 관찰한 바와 같은, 그녀의 비극적 오만의 실체인 '언어 너머' 혹은 이성 너머에 대한 충정은 당초에 자리 잡지 못한다. 이석은 자신이 속하여 살고 있는 부패한 직업의 세계에 대한 반감을 "허풍선이"의 유머로 조절하고 있고, 무주는 도덕적으로 결백하기를 원하지만 시장 사회의 타자가 되려 하진 않는다. 그들의 세계에서는 옳음과 그름, 선과 악 같은 범주도 사람의 행위를 분별하고 판단하기 위한 수단으로 종종 쓸모가 없다. 윤리적 독단을 경계하는 눈으로 보면, 이석의 순응주의는 그와 그의 가족의 불안한 생계를 해결하기 위한 지혜라는 점에서는 옳기도 하고, 부패한 서열 문화를 보존한다는 점에서는 그르기도 하며, 무주의 고발은 보다 정의로운 사회를 위한 분발이라는 점에서는 선하기도 하고, 우정에 대한 배반이라는 점에서는 악하기도 하다.

저자 편혜영은 개인이나 집단의 운명을 좌우하는 동등하게 유력한 도덕적 가치들이나 원칙들의 싸움에 관심이 없다. 그러한 싸움은 그녀가 보기에 아마도 한국 사회의 진실이 아닐 것이다. 그녀는 한국인의 도덕적 경험을 지금도 여전히 가능할지가 불확실한 비극의 형식으로가 아니라 플로베르와 헨리 제임스와 나쓰메 소세키 이후의 소설 형식으로 이야기한다. 즉 개별 인물들을 서로 다른 이익들 사이의, 열정들 사이의 일치하고 갈등하는 복잡한 관계 속에 배치하고 그들이 살아가는 도덕적 삶의 모순과 역설을 관찰한다. 신념과 무지, 성실과 위선, 용기와 우치愚癡의 미묘한 결합은 프레데릭 모로, 하이어신스 로빈슨, 나가이 다이스케에게서 보이는 만큼은 이석과 무주에게서도 보인다. 그러나 『죽은 자로 하여금』은 도덕적으로 애매한 삶의 옹호는 아니다. 윤리학을 제창하려는 포부와 무관한 작품이지만, 정직하려는 용기만큼은 일깨우기를 주저치 않는다. 사소한 듯하나 의미 있는 대목에서 무주는 선배 직원 송에게 전화를 걸어 송이 어째서 자신을 "양수씨"라고 잘못 부르곤 했는지 묻는다. 송이 알려준 바에 따르면 양수란 사무장이 시키는 일이 싫어서 사직한 무주의 전임자였다. 송은 언젠가 무주가 자기 이름을 잘못 부르는 이유를 물어오면 "어떤 사람은 부당한 일을 거절하기도 한다고 알려줄 생각"이었다고 답한다. 그러자 무주는 "송에게 처음으로 존중받은 기분"을 느낀다. 정직성은 사람을 고립과 미혹에 빠뜨리는 허명이 아니라 사람이 존엄한 이유가 되는 가치다. 『죽은 자로 하여금』은 경제적 인간이 패권을 잡은 세계를 그리면서 그곳 어딘가에 아직 남아 있는 윤리적 인간에 대한 희망을 보존한다.

5. 희망의 태아를 감싸는 두 손

어둠에 잠긴 이인시를 뒤로하고 서울로 돌아온

무주는 지하도를 빠져나와 도시의 경관을 보자마자 "낯선" 기분을 느낀다. 그곳은 원래 그에게 생소하지 않은 구역이고 먼지의 장막에 가려진 한밤의 경관 역시 그에게 새롭지 않음에도 그는 그렇게 느낀다. 그는 서울에서 아내와 가정을 꾸렸고 5년간 직장 생활을 했지만 어느새 이방인이 되었다. 그의 서울 체류 초반의 삽화—버스 터미널 인근의 눈에 익은 아파트 단지로 들어가 산책을 하고 놀이터에 머물다가 아파트 경비원에 의해 쫓겨나는 삽화, 다음 날 전에 일하던 대학병원에 들러 자신에게 사직을 권유했던 과장을 만났으나 몰인정한 취급을 받고 크게 상심하는 삽화—는 소외감과 외로움의 습격에 무방비로 노출된 그의 처지를 알려준다. 그는 이인시를 떠나왔으나 무서움은 좀처럼 사라지지 않는다. 그의 불행에 상당한 책임이 있음에도 그를 만나자 완전히 타인취급하는 병원 과장의 모습에서 그는 다시 무서움을 느낀다. 사람이 무섭다는 경험은 어쩌면 그의 일과가 될지 모른다. 그는 아내의 근처에 왔지만 선뜻 연락하지 못한다. 그의 결혼 생활은 파탄 직전이다. 그는 이석을 고발한 후 양심의 가책이 깊어지면서 자신감이 위축된 까닭에 아내와 진심으로 대화하기를 꺼렸다. 아내의 일에 대해서는 지나치게 무심해서 의사로부터 유산할 위험이 있다는 경고를 받고 아내가 얼마나 우려했는가를 모르고 있을 정도였다. 그의 솔직한 해명을 기다리다 지친 아내는 아이를 유산하고 나서 무주를 이인시에 두고 서울 친정으로 가버렸다. 그는 서울에 와서도 혹시 아내에게서 결별의 말을 듣게 되지 않을까 두려워 전화를 걸지 않았다. 그러다가 병원 과장과 헤어진 후 다분히 즉흥적으로 전화를 걸지만 아내가 원하는 사과와 해명을 하지 못한다.

무주는 아내와 하던 전화를 끊으면 "도시 한가운데 혼자 남게 되리라"는 것을 알면서도 전화를 끊는다. 그가 혼자임을 각오하는 그 순간은 역설적이게도 그의 세계와 새롭게 교섭하기 시작하는 순간이다. 그는 이석의 아이가 입원해 있었던 병원을 찾아가 아이의 사망을 확인하고 그로 인해 이석이 겪었을 고통을 생각한다. 이석이 그에게 전화를 걸어와 잠시 말없이 흐느끼던 어느 밤을 회상한다. 병상에 누운 아이에 대한 사랑이 애틋했던 이석을 추억하는 대목에서 그와 이석의 사이를 갈라놓았던 도덕적 시비는 없다. 그의 추억은 순수한 동정으로 채워져 있다. 그가 선도병원의 동료 권에게 전화가 걸려왔을 때 그간의 일을 묻는 장면에서도 종전에 병원 직원들에 대해 그가 보통 느끼던 분노와는 다른 감정이 그의 마음속에 일어난다. 그간 사무장은 입원한 직장인에게 제공되는 요양급여와 실버타운 건축사업으로 끌어들인 투자금을 빼돌려 도주했고, 이석은 건축사업 서류상 담당자로서 법률상 책임을 면하기 어렵게 됐으며 사무장의 경찰 고발로 인해 횡령 혐의까지 썼다. 이것은 이석이 무주와 작별하기 직전에 화재가 일어난 건물 18층에 견주어 귀띔한 선도병원의 위급한 상황의 결말이다. 그러나 무주는 무엇인가가 끝났다고 느끼는 동시에 아직 끝나지 않았다고 느낀다. 권이 들려준 이야기 중에 병원 직원들이 계속 그곳에 남아 병원 업무가 정상화되기를 "기다리고" 있다는 이야기가 무주

의 머리를 떠나지 않는다. 기다린다는 것은 현재
가 시간의 전부가 아니라고 믿는 것, 현재와 다른
미래가 있다고 믿는 것이다. 그것은 희망의 행위
다.

　무주의 서울 삽화들은 그의 삶에 희망이 회복되
기 시작하는 조짐에 관한 것이다. 아이를 잃은 슬
픔과 싸운 이석을 상상하고, 직장의 회생을 기다
리는 직원들을 생각한 무주는 다시 아내에게 전
화를 걸어 간절히 무엇인가를 말하고 싶은 욕구
를 느낀다. 짐작건대, 그것은 솔직한 사과와 해명
을 포함한 말일 것이고, 그들의 공동의 미래에 관
한 기대와 약속을 담은 말일 것이다. 주목할 것
은, 여기서 무주가 시간을 사는 방식이 경제적 인
간이 시간을 사는 방식과 다르다는 점이다. 경제
적 인간은 그의 인생 목표인 이익이 전적으로 시
장의 변화에 달려 있기 때문에 시장의 미래에 대
한 예측을 무엇보다 중시한다. 그의 경우, 과거로
부터 이월된 사업을 유지하려고 미래를 겨냥한
혁신을 기피하는 것은 자멸하기를 바라는 것과
같다. 그가 미래에 관여하는 방식은 도박꾼이 미

래에 관여하는 방식과 근본적으로 동일하다. 그는 과거와 단절된 미래를 언제나 다시 원하는 것이다. 반면에 무주는 아내와 함께 살았던 과거의 순간을 마음속에 되살린다. 이인시로 가기 전에 함께 살았던 아파트 쪽을 바라보며 낡은 주거 시설이었기에 아내와 함께 이곳저곳 살피고 고치는 수고를 반복해야 했던 일, 공원에서 아내와 함께 서툰 테니스를 치거나 인라인스케이트 타는 아내를 지켜보던 일을 회상한다. 현재의 무주에게 그것은 살았던 순간이면서 동시에 바랐던 순간이다. 무주가 시간을 사는 방식은 본질적으로 희망하는 방식이다. 에른스트 블로흐의 유명한 명제가 떠오른다. '불안, 공포, 신념, 희망' 등과 같은 '기대 감정Erwatungs-affekte'은 사람의 감정 중에서 특히 시간의 지평 쪽으로 펼쳐지는 감정이어서 보다 멀리 있는, 보다 밝은 지평 쪽으로 끊임없이 스스로를 끌어갈 수밖에 없으며, 그래서 불안과 공포 같은 부정적인 기대 감정조차 희망의 요소를 그 내부에 포함하기 마련이라는 명제. 무주를 사로잡았던 불안과 공포는 바야흐로 희망을 향한 선회旋回를 시작하는 참이다.

무주의 기대 감정과 관련하여 주목할 만한 장면이 하나 있다. 그가 아내와 함께 아내의 자궁 내에 생기기 시작한 아기집을 초음파 기계 화면으로 보는 장면이다. 아기집이 "검고 둥근 작은 점" 모양으로 나타나는 "물컹거리는 검고 흰 화면"을 눈앞에 두고 그들은 불안감에 휩싸여 얼마간 숨도 쉬지 못한다. "화면은 고요히, 그러나 끊임없이 움직였다. 잔잔한데도 풍랑이 몰아치는 바다처럼 느껴졌다. 낙폭이 큰 파도가 자그맣고 연약한 아기집을 단숨에 쓸어버릴 것 같았다." 무주와 아내가 초음파 화면에서 느끼는 불안은 태아를 얻은 부모라면 누구나 갖기 마련인 염려 이상일 것이다. 그 화면이 풍랑 심한 바다처럼 보이는 것은 그들이 이인시에서 경험하고 있던 근심과 공포가 투사되었기 때문일 것이다. 아기집을 오늘의 시대의 희망에 대한 환유로 읽으면 어떻게 될까. 그 실체가 무엇이든지 간에 희망은 위태로운 환경에 놓여 있다. 그것은 몰아치는 시장의 풍랑에 언제 순식간에 쓸려 나갈지 모른다. 만인이 만인과 식인귀食人鬼적 경쟁을 벌이는 세상의 바다 위에서 너무나 작아 알아보기조차 힘든 모양으로 연명하고 있을지 모른다. 그럼에도 인간 문화 중에는 희망을 기억하고 양육하고 전파하는 형식들이 아직 남아 있고, 그중 하나가 문학이다. 편혜영은 무주의 아내가 태아를 보호하려고 배 위에 두 손을 얹고 힘든 걸음을 걷는다고 썼다. 비유하여 말하건대, 그것은 오늘의 시대에 문학이 희망에 관여하는 방식이다.

죽은 자로 하여금

지은이 편혜영
펴낸이 김영정

초판 1쇄 펴낸날 2018년 4월 25일
초판 7쇄 펴낸날 2024년 11월 5일

펴낸곳 (주) 현대문학
등록번호 제1-452호
주소 06532 서울시 서초구 신반포로 321(잠원동, 미래엔)
전화 02-2017-0280
팩스 02-516-5433
홈페이지 www.hdmh.co.kr

© 2018, 편혜영

ISBN 978-89-7275-890-7 04810
        978-89-7275-889-1 (세트)

* 책값은 뒤표지에 있습니다.

현대문학 핀 시리즈 소설선